El extraño caso del Dr. Jekyll y Mr. Hyde

El club de los suicidas

ROBERT LOUIS STEVENSON

El extraño caso del Dr. Jekyll y Mr. Hyde

El club de los suicidas

NOVELAS DE SUSPENSE Y TERROR

Signo editores

Edita
SIGNO EDITORES J.M. S.L.

Dirección general
Rubén Rueda López

Diseño y dirección artística
Tau Diseño

Digitalización y maquetación
Diorki

Corrección ortotipográfica
Cálamo & Cran

Virgilio, 25 A – Edificio Ayessa II. Ciudad de la Imagen
28223 Pozuelo de Alarcón (Madrid)

ISBN de la obra: 978-84-95060-13-6
ISBN del volumen: 978-84-8447-115-8

Depósito legal: NA-1798-2010
Impresión y encuadernación: Orymu, S.A.
Impreso en España / Printed in Spain

Índice

El extraño caso del Dr. Jekyll y Mr. Hyde

El club de los suicidas

El extraño caso del Dr. Jekyll y Mr. Hyde

El club de los suicidas

El extraño caso del Dr. Jekyll y Mr. Hyde

A *Katherine de Mattos*

Es penoso perder los lazos de unión que Dios dictó.
Seguiremos siendo las criaturas del brezo y del viento.
Y lejos de casa aún continuará para ambos
el aroma de aquella retama del país del norte.

1

La historia de la puerta

El abogado Utterson era un singular personaje de aspecto huraño, en cuyo rostro difícilmente se vislumbraba la más leve sonrisa; era además un hombre frío, apocado y tímido en las conversaciones, reservado en demostrar sus emociones y sentimientos, largo y enjuto, gris y seco, y sin embargo, a pesar de todo, se hacía querer. En las reuniones de amigos, cuando el vino era de su agrado, a menudo se adivinaba en su mirada un enorme trasfondo de humanidad, aunque, por supuesto, este rasgo no se transmitía por medio de sus palabras y expresiones análogas, sino por medio de un sinfín de signos mudos que así se articulaban durante toda la sobremesa, y que así comunicaba en otros actos de su vida. Era, en definitiva, terriblemente austero consigo mismo, y en infinidad de simples detalles se plasmaba este carácter. De hecho, bebía ginebra en sus ratos de soledad, para evitar dejarse llevar por su afición a los vinos añejos, e incluso, a pesar de su interés por el teatro, evitaba sucumbir a este tipo de aficiones, de tal modo que no había acudido a ningún acto teatral en veinte años. En detrimento de esta austeridad tan extrema, era, en cambio, ciertamente tolerante con los demás, y en más de una ocasión le llegaban a escondidas, no sin cierta envidia, los comportamientos humanos ajenos que denotaban cierto desafío en relación con la transgresión del orden establecido e incluso hasta con la comisión de un delito. En una situación comprometida, era más dado a la ayuda que a la simple condena.

«No condeno la herejía de Caín –solía decir con aires de provocación–, pues otorgo a mi hermano que se conduzca al endemoniado infierno de la forma que mejor le plazca». Con un carácter así, y semejantes principios, a menudo corría la suerte de ser el último contacto honrado, la última buena influencia, de aquellos que iban por el mal camino. Y si algunas de estas personas, víctimas de su propia desgracia, llegaban a frecuentar su casa, nunca cambió su actitud respecto a ellas.

Sin duda, tal proeza resultaba relativamente fácil para un individuo como Mr. Utterson, por poseer una innata inexpresión en su rostro, incluso en circunstancias extraordinarias; y, además, más fácil resultaría teniendo en cuenta que sus relaciones de amistad parecían estar basadas más bien en la magnanimidad de su carácter. Es característico del hombre modesto aceptar el entorno y el círculo de amistades que le viene trazado por la fortuna, y así era el caso del abogado. Su círculo de amistades se basaba principalmente en familiares y parientes próximos, así como otras personas que conocía desde mucho tiempo atrás. Su afecto, como la hiedra, crecía con el tiempo, independientemente de la persona en cuestión. Así se explica su amistad con Mr. Richard Enfield, al que le unía cierta relación de parentesco, y era, por otro lado, una persona muy conocida en su entorno y en la ciudad. Mucha gente no se explicaba dicha relación, y parecía difícil de entender qué es lo que ambos veían en el otro y qué demonios tenían en común. Algunos que por azar topaban con ellos en los paseos habituales de los domingos comentaban que no pronunciaban palabra entre ellos, que daban la impresión de estar muy aburridos y que les hubiera supuesto un evidente alivio el encuentro con cualquier conocido. Pero, sorprendentemente, los dos hombres disfrutaban al máximo con estas excursiones y paseos, y, así, concebían esas salidas como lo mejor de la semana. De hecho, para poder disfrutar de ellas sin interrupción, no solo renunciaban a otras invitaciones de recreo y de tiempo libre, y además de buen grado, sino que incluso llegaban a desatender sus respectivas ocupaciones.

Un día, en uno de dichos paseos, fueron a parar a uno de los barrios más bulliciosos y con más actividad comercial de todo Londres. En aquel momento, sin embargo, la calle estaba tranquila, pues los domingos el comercio decrecía y toda la actividad del resto de la semana se congelaba por completo. Uno podía darse cuenta de lo bien que a sus habitantes les iba su prosperidad económica, y sus esperanzas se agudizaban más todavía pensando en la prosperidad futura. Todos competían entre sí y dedicaban el excedente de sus ganancias a embellecer sus establecimientos, de tal manera que los escaparates aparecían desplegados a lo largo de las aceras para el deleite del paseante; era una constante invitación para el ejercicio de la compraventa. Incluso en domingo, cuando la calle ocultaba sus encantos más cautivadores y quedaba relativamente desierta, relucía en contraste con la suciedad de sus alrededores como el brillo de una hoguera en la oscuridad del bosque. Las contraventanas de aquellas casas, relucientes y recién pintadas, los bronces bien pulidos y, en definitiva, la singularidad de aquellas calles, tan atestadas de alegría, con su genuino ambiente, todo ello enamoraba y complacía a cualquiera de los transeúntes.

Dos puertas más allá, contando desde una esquina, a mano izquierda en dirección este, la calle quedaba interrumpida por un callejón sin salida. En aquella intersección concreta se encontraba un edificio, una mole inmensa de una siniestra construcción que se alzaba en aquel punto y de la que sobresalía un afilado alero del tejado. Era un edificio de dos plantas y sin ventanas, excepto una inutilizada arriba y una puerta en la planta baja sobre la que se alzaba la fachada sin aberturas, un muro descolorido. La casa estaba abandonada, pues múltiples detalles así lo confirmaban, desde los arañazos y golpes de la fachada principal hasta la puerta principal, desprovista de campanilla y aldabón, y casi desencajado del eje. Así pues, ese edificio era refugio de los vagabundos de los alrededores. Se encendían fósforos rascando en la pared, los chiquillos jugaban a las tiendas y al comercio, desplegando en los peldaños de la casa una enorme amalgama de artículos sin valor; los adolescentes, por otro lado, comprobaban sus afiladas navajas rozando las molduras... Durante toda una generación, la despreocupación por el lugar había sido tal que nadie reparaba en los grandes destrozos que se le provocaban constantemente a aquella construcción.

Mr. Enfield y el abogado paseaban por la acera opuesta, y al llegar frente a aquella entrada el primero levantó su bastón y señaló en la misma dirección.

–¿Te has fijado alguna vez en esa puerta? –preguntó. Una vez que su compañero respondió afirmativamente, añadió–: Esa puerta ha quedado asociada en mi mente a un suceso muy extraño.

–¿De veras? –dijo Mr. Utterson con una leve alteración de voz–. ¿De qué se trata?

–Bueno –continuó Mr. Enfield–, te voy a relatar lo que sucedió. Serían las tres de la madrugada de una oscura noche de invierno. Volvía yo a casa desde quién sabe qué remoto rincón del mundo. El camino de regreso por el que opté me obligó a atravesar una parte de la ciudad en la que no se distinguía apenas nada, lo único que se podía ver eran las farolas del alumbrado. Fui recorriendo una calle tras otra, todo estaba en silencio y todo el mundo dormía. Todas las calles estaban iluminadas como para el paso de una procesión, y todo tan vacío..., parecía un camposanto. Estaba tan preocupado que me concentré exclusivamente en intentar percibir cualquier leve sonido que me proporcionara una compañía segura, y en aquellos momentos lo que más anhelaba era que apareciese un policía. De pronto, observé dos figuras: una era la de un hombrecillo que avanzaba renqueando como podía en dirección este; la otra era una niña de unos ocho o diez años que salía corriendo por una bocacalle. Pues sí, señor, al llegar a la esquina, como es natural, los dos se dieron de bruces. Ahora viene la parte más desagradable del asunto, porque el hombre arrolló sin inmutarse el cuerpo de la chiquilla, de modo que quedó en el suelo sollozando la pobre desesperada. Tal y como lo cuento, el caso es que el asunto no parece gran cosa, pero lo cierto es que fue una visión infernal. No parecía tratarse de un ser humano, sino más bien de un ser diabólico. Con diferentes sonidos traté de llamar la atención de aquel personaje infernal, corrí tras él y, tras agarrarle del cuello, le obligué para que volviera al lugar en el que tiró a la niña y en el que ya había un montón de personas rodeándola. Él parecía totalmente impasible y no opuso la menor resistencia, pero me dirigió una mirada tan amenazadora que me dejó todo el cuerpo bañado en sudor, como cuando iba corriendo tras él. Las personas que habían acudido eran los familiares de la niña y, al cabo de un rato, hizo su aparición el médico que había sido llamado con antelación. Bien, según aquel matasanos, la criatura no tenía nada grave, salvo un buen susto. Y se puede suponer que aquí se acaba la historia; sin embargo, se añadió una inquietante circunstancia. Realmente, sentía aversión por aquel hombre, sin apenas conocerlo; desde el momento en que lo miré, sentí un gran rechazo casi de forma inmediata. Lo mismo les había ocurrido a los familiares de la niña, sentimiento absolutamente visceral. Sin embargo, lo que me sorprendió fue la reacción del médico. Se trataba del típico médico de medicina general, de edad indefinida, tenía un pronunciado acento de Edimburgo, y era bastante tosco en apariencia. Pues bien, señor mío, le ocurría lo mismo que a nosotros: cada vez que miraba a mi prisionero, veía con claridad cómo el matasanos se alteraba y palidecía con su simple presencia alrededor. Yo leía sus pensamientos al igual que él lo hacía con los míos y, como naturalmente no íbamos a matar al individuo, hicimos lo que estaba en nuestra mano. Lo amenazamos de tal manera que incluso le dijimos que estábamos dispuestos a organizar tal escándalo sobre este suceso que su nombre correría como la peste de un extremo al otro de Londres, y que, si tenía amistades en la ciudad, nosotros nos encargaríamos personalmente de desmoronar su reputación. Durante todo el rato, mientras estuvimos intentando sacarle los colores, hicimos lo posible por mantener apartadas de él a las mujeres, porque estaban tan furiosas que parecía que iban a desencadenar un brutal desenlace. En mi vida pude observar, tan de cerca, unas caras tan coléricas y llenas de odio como las que tenía en mi presencia. Y aquel hombre, con una especie de frialdad insolente y siniestra, atemorizado también, según pude distinguir, pero aguantando la tormenta, sí, señor mío, como un auténtico Satanás. «Puesto que ustedes han decidido llevar a tal extremo este incidente, estoy en sus manos, como es evidente», nos dijo. «Un caballero está obligado a evitar el escándalo. Me gustaría saber qué es lo que quieren sacar de todo este asunto». Pues bien, intentamos presionarlo todo lo posible hasta que ofreció cien libras a la familia de la criatura como compensación. Estaba claro que él hubiera preferido librarse de hacerlo, pero todos nosotros manteníamos una actitud tan desafiante y firme que al final accedió. El siguiente paso era conseguir el dinero, y ¿a dónde crees que nos condujo, sino a ese edificio de la puerta? De repente sacó una llave, entró y, al momento, volvió con unas diez libras en oro y un cheque al portador de la banca Coutts por el resto de la suma prefijada, con la firma de un nombre que no puedo mencionar, pese a que ese nombre es una de las claves de mi relato, un nombre que, aparte de todo, era muy conocido y que muy a menudo aparece escrito en letra impresa. La cifra era cuantiosa, pero la firma, si era auténtica, era lo que más me impresionó. Yo me tomé la libertad de indicarle a nuestro caballero que aquella operación parecía un engaño, porque no era muy habitual entrar por la puerta de unos bajos a las cuatro de la madrugada y salir con un cheque de casi cien libras firmado por otra persona. Pero él seguía tan sereno e insolente. «No se preocupen», dijo. «Me quedaré con ustedes hasta que abran los bancos y cobraré el cheque yo mismo». Así que nos pusimos todos en camino, el médico, el padre de la niña, nuestro hombre y yo, y pasamos el resto de la noche en mi casa. Al día siguiente, después de desayunar, nos encaminamos al banco nuevamente en grupo. Yo mismo entregué el cheque, advirtiendo que tenía sobradas razones para creer que era falso. Pero nada de lo que me imaginé, el cheque era auténtico.

–¡Vaya! –exclamó Mr. Utterson.

–Veo que piensas como yo –respondió Mr. Enfield–. Un asunto complicado. Mientras nuestro hombre era un sujeto que provocaba nuestra más sincera repugnancia, un individuo con el que nadie quiere ningún tipo de relación, resulta que la persona que había firmado el cheque era paradójicamente la honestidad y la honorabilidad en persona, además de ser un caballero muy reconocido y, lo que es todavía más extraño, un hombre generoso y bueno para el que, por lo visto, hacer el bien es uno de los cometidos más importantes en la vida. Me imaginé entonces que se trataba de un chantaje, el tributo de un hombre honrado que paga un posible desliz en su juventud o algún infortunio del pasado. Desde entonces denomino este edificio como la mansión del chantaje. No obstante, todo son conjeturas, y estamos muy lejos de dar una explicación convincente a todo este extraño misterio –añadió. Dichas estas palabras, se sumió en íntimas reflexiones y cavilaciones.

Después de un rato, Mr. Utterson interrumpió el estado reflexivo de su compañero con una inesperada pregunta:

–¿Y no sabes si el que firmó el cheque vive ahí?

–Agradable lugar, ¿no te parece? –replicó Mr. Enfield–. Además, me enteré de su dirección; vive en no sé qué plaza.

–¿Y nunca has preguntado nada acerca de… la casa? –dijo Mr. Utterson.

–He tenido la delicadeza de no hacerlo –fue la contestación–. Me resulta muy desagradable hacer ciertas preguntas como si yo mismo fuera representante del Juicio Final. Preguntar intimidades y ahondar en la verdad es como echar a rodar una piedra. Tú estás sentado tranquilamente en la cima de una colina, y al lanzar la primera piedra esta hace rodar otras a su paso, hasta que, de improviso, van a caer todas sobre la cabeza de un pobre infeliz, el último que hubieras imaginado, que estaba descansando en el jardín de su propia casa, y entonces la familia tiene que cambiar de apellido. No, señor, tengo principios claros al respecto, y a medida que el caso me parece más sospechoso, menos preguntas hago, es mi norma.

–Magnífica norma –indicó el abogado.

–Pero he estudiado el lugar por mi cuenta –continuó Mr. Enfield–. Apenas parece una vivienda. No existe otra puerta y nadie entra ni sale a través de ella, exceptuando el protagonista de mi relato, y, además, muy de tarde en tarde. En el primer piso, por el otro lado, hay tres ventanas que dan al callejón; ninguna en los bajos; y las ventanas, aunque limpias, están siempre cerradas. Por otro lado, por la chimenea casi siempre sale humo, así que alguien tiene que vivir ahí. De todos modos, es difícil asegurar esta idea de forma rotunda, porque las casas están tan juntas y apiñadas por la parte del callejón que es complicado decir dónde acaba una y empieza otra.

La pareja caminó un rato más en silencio, hasta que Mr. Utterson dijo:

–Realmente, Enfield, es una buena norma la tuya.

–Sí, así lo creo –afirmó Enfield.

–Pero, a pesar de todo –continuó el abogado–, hay algo más que quiero preguntarte. Me gustaría saber cómo se llama aquel hombre que atropelló a la niña.

–Bueno –repuso Mr. Enfield–, no creo que sea incorrecto desvelarte el nombre. Era un tal Hyde.

–Hummm… –murmuró Mr. Utterson–. ¿Qué aspecto tiene ese hombre?

–No es fácil de describir. Hay algo equívoco en su apariencia, algo desagradable, algo francamente detestable. En mi vida me he encontrado un hombre que causara *a priori* tanta repugnancia y repulsión a primera vista, y, sin embargo, no sabría decir por qué. Debe de tener algo deforme, sí, es una sensación de deformidad, si bien no sé decirte exactamente dónde reside. Es un personaje de un aspecto francamente extraño y, no obstante, soy incapaz de señalar en qué reside lo anormal. Ni siquiera podría dibujar un retrato suyo, ni puedo describirlo. Y no es que me falle la memoria, porque es como si ahora mismo estuviera viendo todos sus rasgos.

Mr. Utterson volvió de nuevo a sumirse en un severo silencio, obviamente bajo el peso de una considerable preocupación.

–¿Estás seguro de que utilizó una llave? –inquirió finalmente.

–Mi querido amigo… –comenzó Enfield, sorprendido.

–Sí, lo comprendo –dijo Utterson–, comprendo que te pueda parecer extraña mi actitud. El caso es que si no te pregunto el nombre de la otra persona es porque ya sé de quién se trata. Verás, Richard, lo que me has contado ha dado en la diana. Si no has sido exacto en algún detalle de tu relato, más valdría que rectificaras.

–Podrías haberme advertido –respondió el otro, con cierto recelo–. Pero, como tú mismo has dicho, mi relato es tan exacto que hasta puede resultar pedante. El sujeto tenía una llave y, es más, la tiene aún. Le he visto utilizarla no hará ni una semana.

Mr. Utterson suspiró profundamente, pero no pronunció ni una palabra más. Al poco tiempo, su amigo concluyó:

–Aquí tienes una nueva lección de las razones que me impulsan a mantener la boca cerrada –dijo–. Me avergüenzo de tener la lengua tan larga. Hagamos un trato, que no se vuelva a hablar más de este asunto.

–Lo acepto del todo –respondió el abogado–. Trato hecho, Richard.

2
En busca de Mr. Hyde

Aquella noche, Mr. Utterson llegó preocupado a su casa de soltero y se puso a cenar sin apetito. Como era habitual en él, los domingos por la noche, al finalizar su cena, acostumbraba a sentarse junto al fuego, con la única compañía de un voluminoso y árido libro de teología, que leía mientras lo sostenía mediante un atril. Así pasaba la velada, hasta que en el reloj de la iglesia vecina daban las doce, hora en que se iba a la cama con la mente despejada y el espíritu tranquilo. Sin embargo, aquella noche, desviándose de su rutina cotidiana, al terminar de cenar, se dispuso a recoger la mesa, y posteriormente, ayudado por la luz de una vela, se dirigió a su despacho. Una vez allí, abrió la caja fuerte y, de la parte más inaccesible, sacó un sobre en el que se leía: «Testamento del Dr. Jekyll»; se sentó tranquilamente y, con expresión seria, se dispuso a estudiar su contenido. El testamento se había escrito de puño y letra del testador, por lo que Mr. Utterson no había intervenido de ninguna manera en su redacción, sino que su única participación consistía en haber accedido a hacerse cargo de aquel documento. El testamento recogía la última voluntad de Henry Jekyll en caso de fallecimiento, doctor en Medicina, doctor en Derecho, doctor en Letras, y concretamente, miembro de la Academia de las Ciencias. En caso de muerte, insistía en que todas sus posesiones fueran a parar a manos de su «amigo y protegido Edward Hyde», y así lo hacía constar textualmente. Pero lo más sorprendente era la segunda cláusula, porque aludía a que, en caso de «desaparición o ausencia inexplicable del Dr. Jekyll por un período de tiempo superior a tres meses», el citado Edward Hyde se convertiría en poseedor de todas las pertenencias del doctor sin más dilación, exento de cargas u obligaciones, a excepción del pago de una escasa suma de dinero dirigida a la servidumbre de la casa del doctor.

Desde hacía mucho tiempo, aquel testamento era un motivo de un alto grado de preocupación para el abogado. Se sentía incómodo por su doble faceta de escrupuloso hombre de leyes, por un lado, y el sentido común de un hombre racional, al cual los actos inusuales o extravagantes equivalían a un rasgo de inmodestia. Y si hasta entonces desconocer la identidad de ese tal Mr. Hyde era lo que había provocado su indignación, ahora, debido a las casualidades de la vida, su indignación se acrecentaba más, teniendo en cuenta que había descubierto de quién se trataba. Le resultaba bastante incómodo el no saber nada sobre la identidad de un hombre que figuraba en un documento tan importante, máxime cuando además no podía averiguar nada. Pero ante esa incertidumbre, peor era la situación actual, habiendo descubierto los detestables atributos de un individuo tan indeseable. Y saliendo de una nebulosa caracterizada por la ignorancia, y que le imposibilitó ver las cosas con claridad, surgió de repente el presentimiento de encontrarse ante un ser absolutamente malvado.

–Creí que era cosa de mi propia perturbación mental –dijo mientras volvía a colocar el comprometido documento en la caja fuerte– y ahora tengo la intuición de presenciar una terrible desgracia.

Apagó la vela, se puso el abrigo y salió en dirección a la plaza Cavendish, aquel bastión de la medicina donde su amigo, el famoso Dr. Lanyon, tenía su domicilio y su consulta, en la que atendía a numerosos pacientes. «Si hay alguien que sepa algo, seguramente será Lanyon», pensó.

El solemne mayordomo reconoció de inmediato al abogado, y después de una grata bienvenida lo hizo pasar directamente al comedor, evitando así la odiosa espera protocolaria. Allí estaba sentado el Dr. Lanyon, sumido en un agradable estado de meditación y saboreando una copa de vino. Era un hombre cordial, saludable, alegre y con un rostro siempre iluminado de una indescriptible felicidad. Tenía un peculiar mechón de cabello prematuramente blanco y un ademán impetuoso y decidido. En cuanto se percató de la presencia de Mr. Utterson, saltó de la silla y fue a recibirle tendiéndole ambas manos. Superficialmente, pudiera parecer que la cordialidad de aquel hombre resultaba un poco teatral; sin embargo, respondía a un afecto sincero. Aquellos dos caballeros eran viejos amigos, antiguos compañeros de escuela e incluso de universidad, y ambos sentían un profundo respeto recíproco; esos sentimientos no eran únicamente producto del paso del tiempo, sino que además el cariño era sincero y ambos disfrutaban por completo con su mutua compañía.

Después de algunos comentarios iniciales, que era su preámbulo habitual, el abogado encaminó la conversación hacia el tema que tanto le inquietaba y preocupaba.

–Supongo, Lanyon –dijo–, que tú y yo debemos de ser los únicos viejos amigos de los que goza Henry Jekyll.

–¡Ya me gustaría a mí que no fuéramos tan «viejos» amigos!...; lo del paso del tiempo... –contestó riendo el Dr. Lanyon–. Pero supongo que lo somos. ¿Y por qué me lo dices? No lo veo desde hace tiempo.

–¿De veras? –dudó Utterson–. Yo creía que os unían intereses comunes.

–Así era –fue su respuesta–. Pero hace más de diez años que Henry Jekyll empezó a elucubrar sórdidas fantasías que me molestaban; sinceramente, era demasiado excéntrico para mi humilde personalidad. Inició un camino equivocado en mi opinión, a tener unas ideas excesivamente grotescas, y aunque, por supuesto, siempre he estado interesado por su persona teniendo en cuenta la amistad que nos une desde hace tiempo, la verdad es que desde entonces no sé mucho de él y lo he visto en muy pocas ocasiones. Sinceramente, toda esa retahíla de disparates tan poco científicos y éticamente deleznables –añadió el doctor, poniéndose colorado de repente– habrían enemistado a los mejores amigos de la historia.

Aquel leve estallido de cólera alivió en cierto modo a Mr. Utterson. «Sus diferencias se plasman simplemente en alguna cuestión científica», pensó, y teniendo en cuenta su desinterés por los asuntos científicos, excepto una serie de temas muy concretos de su especialidad, tal vez no sea algo tan complicado. Luego añadió:

–¡Entonces no es tan grave!

Otorgó a su amigo algún tiempo para recuperar su compostura y luego abordó la cuestión que había venido a tratar.

–¿Te has topado en alguna ocasión con un protegido suyo, un tal Hyde? –preguntó.

–¿Hyde? –repitió Lanyon–. No, de hecho creo que nunca he oído hablar de él, al menos en la época en que estábamos más unidos y nos veíamos más.

Fue la única información con la que el abogado contó por el momento. Y con esas incertidumbres se acostó aquella noche, cuestiones que le impidieron conciliar el sueño y que en su desvelo sin tregua continuarán hasta las primeras horas de la mañana, momento en que el tiempo parecía dilatarse y las horas se hacían todavía más largas. Fue una noche sin descanso para su ajetreada mente, que se debatía en plena oscuridad, asediada por las dudas.

En el reloj de la parroquia cercana al domicilio de Mr. Utterson dieron las seis, y mientras tanto él continuaba meditando sobre el asunto. Sus divagaciones, hasta ese momento, únicamente se habían extendido desde el punto de vista de lo racional; sin embargo, desviándose de la lógica, no pudo evitar entonces, que su imaginación entrara en el terreno difuso sobre el que divagaba, incluso innumerables fantasías llegaron a dominar todos sus planteamientos. Y en aquel terreno pantanoso el relato de Mr. Enfield continuaba desesperando al desdichado abogado, que era incapaz de dar una respuesta coherente a toda la historia, toda una secuencia de escenas imposibles de determinar en el orden lógico de la vida. Podía ver todo el despliegue de farolas en la oscuridad de una noche londinense. A continuación, la figura de un hombre caminando deprisa, una criatura que viene corriendo de avisar al médico, cómo chocan entre sí y cómo aquel ser maligno arrolla a la criatura sin inmutarse por sus gemidos. También imaginaba una acomodada habitación, donde su amigo dormía, soñando y regocijándose de sus sueños; entonces la puerta de aquel dormitorio se abría de golpe, alguien descorría de un tirón las cortinas de la cama, lo despertaba, y ahí, junto a su lecho, aparecía aquel individuo que ejercía tanto poder sobre él; y, a pesar de ser despertado en la madrugada, Jekyll debía levantarse y cumplir sus órdenes. La figura que aparecía en esta serie de escenas obsesionó durante toda la noche al abogado. Cada vez que conseguía conciliar durante breves momentos el sueño, aparecía aquel individuo deslizándose furtivamente en silenciosas casas ajenas; y así recorría las calles, las casas, a gran velocidad, cada vez más deprisa, de forma vertiginosa avanzaba por el vasto laberinto de una ciudad iluminada por farolas hasta que llegaba a la escena principal, arrollando a una criatura que con sollozos era abandonada con crueldad. Además, la figura no tenía un rostro por el que él la pudiera reconocer, ni siquiera en sus sueños tenía rostro, o tenía uno que burlaba su mirada y se desvanecía ante sus ojos. Y así fue cómo en la mente del abogado brotó y se desarrolló una curiosidad cada vez más intensa, una curiosidad incontrolable, por contemplar el rostro del verdadero Mr. Hyde. Pensaba que si lograba atisbar cualquier rasgo de su cara, aunque fuera un instante, el misterio quedaría aclarado y, quizá, desaparecería, así como ocurre para esclarecer otros misterios por muy enigmáticos que parezcan. Entendería al fin la razón de aquella extraña relación e incluso sumisión; en última instancia, aquella extraña voluntad de su amigo, plasmada en un inconcebible testamento. Como mínimo, tendría que observar aquel rostro; tal vez la cara de un hombre sin entrañas, sin piedad, un rostro capaz de despertar, con una simple mirada, sensaciones varias de enemistad, animadversión y desconfianza, máxime cuando así había sido impresionado Enfield, que nunca se inmutaba.

Desde entonces, Mr. Utterson no hizo otra cosa que rondar a todas horas aquella puerta de la desvencijada casa. Por la mañana, antes de las horas de oficina; al mediodía, cuando el trabajo estaba en su punto álgido y aquella calle se inundaba de un variado público; por la noche, bajo la faz de la luna de la ciudad, cubierta por la niebla.

De día o de noche, en horas punta o en soledad, se podía encontrar al abogado ejerciendo de centinela y en su puesto de vigilancia.

«Si él es el hombre que se oculta, yo seré el hombre que busca», pensó para sí.

Finalmente, su paciencia fue recompensada y obtuvo un logro significativo. Era una noche clara y fría; el aire, gélido; las calles estaban completamente despejadas de transeúntes, lo que las hacía más transparentes; las farolas, inmóviles, sin que el viento dibujase figuras de claroscuro, de luces y sombras. Hacia las diez, cuando las tiendas ya habían cerrado, la callejuela quedó desierta y silenciosa, a pesar del sordo rumor proveniente de los barrios cercanos de Londres. Los sonidos más sutiles se oían a lo lejos; eran ruidos que provenían de la vida cotidiana y doméstica de las casas situadas en los extremos de la calle y, de vez en cuando, los pasos firmes de un transeúnte, que hacían efectos de eco en las proximidades, hasta desaparecer en un horizonte infinito.

Mr Utterson llevaba apenas unos minutos en su puesto cuando advirtió unas pisadas peculiares que se acercaban con paso corto y ligero. En el curso de sus vigilancias nocturnas había llegado incluso a reconocer diferentes tipos de pasos, a diferenciar cuando se trataba de una o más personas, a determinar la distancia y la dirección de los sonidos...; llegaba a apreciar diferentes sonidos, incluso cuando la ciudad se llenaba de alboroto. En esta ocasión, sin embargo, su atención nunca había sido tan perceptiva, y de una manera tan aguda y decisiva como en aquel momento. Así, llegando a presentir algún logro, se ocultó en la entrada del callejón.

Los pasos se acercaban deprisa; al doblar la esquina de la calle, el eco se acrecentó. Al asomarse desde su escondite, el abogado pronto distinguió el tipo de hombre con el que tenía que enfrentarse. Era de corta estatura y vestía de manera sencilla, pero su aspecto, incluso a aquella distancia, provocaba una fuerte sensación de rechazo en quien lo observaba. Se dirigió directamente hacia la puerta, cruzando la calle para ganar tiempo, y, mientras avanzaba, extrajo de su bolsillo una llave, como quien está cerca de casa.

Cuando pasó por su lado, Mr. Utterson se adelantó y le tocó el hombro:

–Mr. Hyde, supongo.

Mr. Hyde se apartó súbitamente y tragó aire ruidosamente. Pero su sobresalto apenas duró unos segundos y, sin mirar directamente a la cara al abogado, respondió con bastante frialdad:

–Es mi nombre. ¿Qué se le ofrece?

–Veo que se dispone a entrar –repuso el abogado–. Soy un viejo amigo del Dr. Jekyll, Mr. Utterson, de la calle Gaunt. Supongo que habrá usted oído hablar de mi persona. Al verle llegar de forma tan oportuna, he pensado que quizá me permitiría usted entrar.

–No encontrará en casa al Dr. Jekyll, ha salido –replicó Mr. Hyde, introduciendo la llave.

Y luego, de golpe, todavía sin levantar la vista, preguntó:

–¿Cómo me ha reconocido?

–Me pregunto –dijo Mr. Utterson– si podría usted hacerme un favor.

–Con mucho gusto –replicó el otro–. ¿De qué se trata?

–¿Me permite que le vea la cara? –preguntó el abogado.

Mr. Hyde pareció dudar, pero, después, como fruto de un impulso repentino, lo miró de frente con un aire desafiante. Durante un instante los dos hombres se aguantaron la mirada.

–Ahora ya podré reconocerlo –dijo Mr. Utterson–. Tal vez me resulte útil.

–Sí –repuso Mr. Hyde–, está bien que nos hayamos conocido. A propósito, le daré también mi dirección.

Y le dio el número de una calle en el Soho.

«¡Dios mío!», pensó Mr. Utterson. «¿Habrá estado pensando también él en el testamento?». Pero se reservó sus suposiciones y murmuró entre dientes un agradecimiento por la dirección.

–Y ahora dígame –insistió el otro–, ¿cómo me ha reconocido?

–Por su descripción –fue la respuesta.

–¿Y quién se la ha dado?

–Tenemos amigos comunes –contestó Mr. Utterson.

–¡Amigos comunes! –repitió Mr. Hyde, con cierta aspereza–. ¿Me puede decir quiénes?

–Jekyll, por ejemplo –dijo el abogado.

–Es imposible que le haya contado nada –le dijo muy contrariado Mr. Hyde en un gesto de ira–. No creí que fuera usted capaz de mentir.

–Vamos –dijo Mr. Utterson–, no creo que sea una manera muy correcta de hablar.

El otro rompió en una carcajada salvaje y, al instante, con extraordinaria vehemencia y rapidez, abrió la puerta y desapareció en el interior de la casa.

El abogado se quedó allí absorto durante algún tiempo y, tras desaparecer Mr. Hyde, parecía no poder salir de su asombro. Luego comenzó a remontar la calle poco a poco, parándose cada dos o tres pasos y llevándose la mano a la frente, como un hombre sumido en una profunda inquietud. Pero el problema que le preocupaba era uno de aquellos que raramente llegan a ser resueltos. Mr. Hyde tenía una palidez insólita y era muy bajito, y, por otro lado, sin poder concretar exactamente alguna malformación, daba una sensación de deformidad congénita muy extraña, todo sin comentar su desagradable sonrisa. Se había comportado delante del abogado con una actitud de delincuente, mezcla de timidez y descaro. Hablaba con voz ronca, débil y algo quebrada... Todo constituía una extraña actitud de recelo y una predisposición de sospecha y en su contra. Pero ni por asomo aquella larga lista de contrariedades bastaba para explicar esa extraña mescolanza de desprecio, recelo, rechazo y miedo con que Mr. Utterson lo contemplaba.

–Tiene que haber algo más –se decía perplejo–. Hay algo más, aunque yo no acierte a encontrar la manera de explicarlo. ¡Que Dios me ayude! ¡Ese hombre no parecía un ser humano! ¿Quién será? No sé. ¿O simplemente es de esos individuos que sin hacer nada a nadie le gusta? Tal vez su apariencia no es sino el reflejo de un alma malvada que así ha llegado a transformar su propio cuerpo. Sí, esa es la explicación. ¡Oh, mi pobre y viejo amigo Jekyll..., si en algún rostro he leído con tanta claridad la firma de Satanás ha sido en el de tu nuevo amigo!

Al doblar la esquina saliendo de la callejuela se desembocaba en una plaza de maravillosas casas antiguas. Habían perdido gran parte de su esplendor y ahora su espacio estaba segmentado, y se podían alquilar pisos y habitaciones a diferentes personas de diverso estatus social. Entre otros, grabadores de mapas, arquitectos, abogados de dudosa reputación y agentes de oscuras empresas. Uno de los edificios, sin embargo, el segundo contando desde la esquina, continuaba perteneciendo a un único propietario. Su puerta conservaba un aire de riqueza y elegancia, a pesar de carecer de iluminación, a excepción de la luz que se filtraba por arriba. Allí se detuvo Mr. Utterson; a continuación llamó, y un criado perfectamente vestido y de avanzada edad abrió la puerta.

–¿Está en casa el Dr. Jekyll, Poole? –preguntó el abogado.

–Voy a ver, Mr. Utterson –dijo Poole, mientras hacía pasar al visitante a un salón amplio y confortable, de techo bajo, suelo cubierto de alfombras, con lujosos muebles de roble y caldeado, como es costumbre en las casas de campo, por un fuego que resplandecía en la chimenea–. ¿Tiene la amabilidad de esperar aquí junto al fuego, señor, o tal vez prefiere esperar en el comedor?

–Esperaré aquí, gracias –contestó el abogado, que se acercó al fuego y se apoyó en la alta rejilla de la chimenea.

El salón en el que se había quedado era la habitación favorita de su amigo, el doctor; el mismo Utterson solía decir que era la estancia más confortable de todo

Londres. Pero aquella noche un estremecimiento le helaba la sangre: el rostro de Hyde persistía insistentemente en su memoria y hacía que se sintiera, cosa rara en él, cansado de tanta inquietud. Este estado de ánimo de pesadumbre lo atormentaba hasta el punto de ver amenazas en las sombras que el resplandor de las llamas proyectaba sobre la pulida superficie de los armarios y sobre el techo. Se sintió avergonzado del alivio que le produjo el regreso de Poole, el cual le anunció que el Dr. Jekyll había salido.

–He visto entrar a Mr. Hyde por la puerta del antiguo quirófano, Poole –dijo–. ¿Es normal, estando el Dr. Jekyll fuera de casa?

–Así es, Mr. Utterson –replicó el mayordomo–. Mr. Hyde tiene una llave.

–El señor parece depositar un alto grado de confianza en ese joven, Poole –concluyó el otro, dando salida a esa contrariedad en la que se debatía.

–Sí, señor, así es sin duda –dijo Poole–. Todos nosotros tenemos orden de obedecerle.

–Creo que nunca he coincidido con Mr. Hyde –soltó Utterson en tono de duda.

–Oh, claro que no, señor. Nunca cena aquí –replicó el mayordomo–. La verdad es que lo vemos muy poco en esta parte de la casa. La mayoría de las veces entra y sale por el laboratorio.

–Bien, buenas noches, Poole.

–Buenas noches, Mr. Utterson.

El abogado emprendió su retirada y se encaminó de vuelta a su casa con el corazón encogido. «Pobre Henry Jekyll», pensaba. «Temo que esté en un apuro. Era temerario en su juventud y, a pesar del paso del tiempo, la ley de Dios no tiene fecha de caducidad. Seguramente se trata de alguna cuestión oculta, el precio de un viejo pecado, la conclusión de alguna vergüenza oculta. El castigo llega años después de que nuestra memoria haya olvidado la falta y nuestra propia estima nos perdone de antemano».

Alarmado por este pensamiento, el abogado evocó por un instante su propio pasado, buscando a tientas en todos los recovecos de su memoria, por miedo a que alguna vieja deuda saltara inesperadamente a la luz, como salta impulsado por un resorte un muñeco agazapado en el interior de una caja. No desenmarañó nada raro, parecía estar limpio de pecado. Pocos hombres podían leer las páginas de su vida con menos remordimientos que él. A pesar de todo, se avergonzó de las malas acciones que había cometido, y se felicitó con humildad por las muchas ocasiones en que había estado a punto de errar y en las que finalmente pudo evitarlo. Y entonces, al volver a sus cavilaciones anteriores, concibió un destello de esperanza.

«Seguro que Mr. Hyde, si se investiga en su pasado, tiene sus propios secretos, oscuros secretos, a juzgar por su aspecto, secretos al lado de los cuales el peor pecado del pobre Jekyll brillaría como la luz del sol», pensó. «Las cosas no pueden continuar de este modo. Me estremezco al imaginar a ese ser rodando como un ladrón alrededor del lecho de Henry. ¡Pobre Henry, vaya despertar! ¡Y el peligro que corre!, porque, si el tal Hyde sospecha de la existencia del testamento, puede que se impaciente por heredar. Sí, debo intentar remediar esta terrible situación…».

–Si Jekyll me lo permite –añadió en voz alta–. Si por lo menos me permitiera hacer algo…

De nuevo, una vez más, no podía olvidar las escuetas, claras y concisas, y por ende desconcertantes, cláusulas del testamento.

3

El Dr. Jekyll parecía tranquilo

Dos semanas más tarde, casualmente, el doctor organizó una de sus agradables cenas a la que fueron invitados una serie de viejos amigos, la mayoría individuos de gran talento y de respetable reputación; por añadidura, eran excelentes catadores de vino, algo indispensable para un paladar tan exigente como el del anfitrión. Por supuesto, Mr. Utterson fue invitado, y tras una agradable velada puso todo de su mano para quedarse después de que el resto de invitados se hubiera marchado. Esa situación no fue para nada comprometida, ni supuso un comportamiento extraño, pues así había sucedido en infinidad de ocasiones. El entorno de Mr. Utterson respetaba enormemente a este ciudadano, y la mayoría de este círculo de amistades valoraba con creces la personalidad del sobrio abogado, entre otras cosas porque menospreciaban las actitudes frívolas y la charlatanería como conducta social, algo de lo que, desde luego, estaba exento por completo Mr. Utterson. Incluso hasta cuando estaba en silencio infundía respeto, y es que, sin duda, serenaba con su sabia conducta el exceso de bullicio propio de las fiestas. En cuanto al Dr. Jekyll, experimentaba el mismo sentimiento, así que el respeto hacia su colega el abogado era similar al de los demás. En esos momentos, sentado frente a la chimenea, se daba cuenta del sincero aprecio que sentía por Mr. Utterson. Tenía unos cincuenta años; era bien parecido y poseía un rostro agradable, aunque también con un cierto aire de reserva; y, en definitiva, tenía su aspecto todos los signos de la inteligencia y la bondad.

–Esperaba poder hablar contigo, Jekyll –empezó diciendo el abogado–. ¿Recuerdas aquel testamento que hiciste?

Cualquier persona que lo conociera hubiera detectado que el tema no era del agrado del doctor, pero, a pesar de todo, contestó con cierta ironía:

–Mi querido Utterson –dijo–, qué ínfima fortuna la tuya, haber dado con un cliente como yo. En muy pocas ocasiones he podido comprobar una actitud tan preocupada como la tuya, máxime tratándose de un simple testamento. Por supuesto, hay una excepción, lo cual no es sorprendente, viniendo de una mente tan estrecha de miras como la de Lanyon, que, por cierto, tiene la osadía de llamar a mis experimentos «herejías científicas». En fin, me consta que es una buena persona, ya sé, y no hace falta que me pongas esa cara, soy consciente de que es un gran hombre y, de hecho, en muchas ocasiones hasta lo echo de menos. Pero también hay que reconocer que es un pedante a pesar de su mediocridad, y que, aparte de todo, es sumamente intransigente, lo cual me desagrada mucho más. Nunca nadie me ha decepcionado tanto como Lanyon.

–Tú sabes que nunca he aprobado aquello –prosiguió Utterson, ignorando el nuevo tema.

–¿Mi testamento? Sí, ya lo sé –dijo el doctor con cierto enojo–. No es la primera vez que me lo dices.

–Bien, pues te lo volveré a repetir –continuó el abogado–. He podido averiguar ciertas cosas acerca del joven Hyde.

El rostro agraciado del Dr. Jekyll parecía que se transformaba por segundos, tanto que la comisura de sus labios y sus ojos cambiaron del todo de expresión.

–No tengo intención de escuchar otras sugerencias, querido amigo –sentenció con tono severo–. Creía que habíamos acordado no comentar de nuevo este asunto.

–Lo que he oído es abominable –insistió Mr. Utterson.

–Tu insistencia no va a cambiar ni un ápice mi decisión. No puedes entender mi posición –replicó el doctor con contundencia para expresar su firme opinión–. Estoy en una situación muy complicada, Utterson. Es una situación tan extraña que no puedes ni tan siquiera hacerte una idea; de hecho, ni te lo podrías imaginar. Además, tampoco puedo explicártelo con palabras.

–Jekyll –dijo Utterson–, tú me conoces; soy un hombre en el que puedes confiar. Cuéntamelo todo de forma confidencial y estoy seguro de que te podré ayudar.

–Mi querido Utterson –dijo el doctor–, tu ofrecimiento demuestra una gran bondad por tu parte y no encuentro palabras para agradecértelo. Estoy seguro de que lo dices de corazón, y sé que tengo el privilegio de contar contigo y gozo de tu confianza; de hecho, no hay nadie en el mundo como tú en el que yo pudiera confiar, de ello puedes estar seguro... Pero no es lo que te imaginas, no es tan malo... Y para que te quedes tranquilo, te diré algo: puedo deshacerme de Mr. Hyde en el momento en que quiera. Te doy mi palabra, y gracias una y mil veces. Únicamente me gustaría decir algo más, y que espero que no te lo tomes a mal: este asunto es muy personal y privado y te ruego que no te inmiscuyas.

Utterson reflexionó unos instantes, mirando al fuego.

–Supongo que tienes razón –dijo al fin, poniéndose en pie.

–Bien, no obstante, ya que hemos tocado el tema, y espero que por última vez –continuó el doctor–, sí hay algo que me gustaría que comprendieras. Realmente tengo un gran interés en el pobre Hyde. Sé que te has encontrado con él, así me lo ha contado, y me imagino que fue grosero y vulgar contigo. Pero, por encima de todo, mi interés por ese joven es sincero y, si yo desapareciera, Utterson, quiero que me prometas que serás indulgente con él, justo con mi voluntad, y harás valer sus derechos. Pongo la mano en el fuego de que así lo harás, y lo harías sin dudar lo más mínimo si conocieses toda la historia. De todas formas, me quitarías un gran peso de encima si me lo prometieras.

–No puedo garantizarte que esa persona llegue a ser de mi agrado –dijo el abogado.

–No es eso lo que yo te pido –suplicó Jekyll, posando su mano sobre el brazo de su amigo–. Lo único que te pido es que seas justo con mi voluntad. Únicamente te pido que le ayudes en mi nombre, cuando yo ya no esté aquí.

Utterson dejó escapar un suspiro.

–Está bien –dijo–. Te lo prometo.

4

El caso del asesinato de Carew

Casi un año después, en octubre de 18..., Londres quedó conmocionado debido a un crimen cometido con una gran crueldad, especialmente comentado por el elevado estatus social de la víctima. Se conocían muy pocos detalles al respecto, pero los que se tenían eran desde luego aterradores. Una joven sirvienta que vivía sola no muy lejos del río había ido a dormir a su casa aproximadamente a las once. Si bien la niebla solía envolver la ciudad a todas horas, en aquel momento de la noche el cielo estaba despejado y el callejón que comunicaba con la casa y una de sus ventanas estaba nítidamente iluminado por la luna llena. Al parecer, la muchacha era una romántica, pues antes de entrar en la casa se había sentado en un baúl situado al pie de la ventana y se había perdido en sus ensoñaciones. En aquellos momentos, sus sollozos eran la expresión de su vida, la nostalgia del sentir. Nunca en la vida se había sentido más en paz con la humanidad, llena de pensamientos positivos hacia el mundo.

Desde allí observó cómo un caballero ya entrado en años, de porte distinguido y pelo canoso, se acercaba por el callejón y, avanzando en sentido contrario, entrevió a otro caballero de corta estatura, en el que no se fijó hasta pasado un rato. Cuando se encontraron, justo bajo la ventana de la joven criada, cruzaron algunas palabras. El hombre mayor saludó al otro con una sutil reverencia y se dirigió a él con cortesía. No parecía que la causa de su consulta fuera algo excepcional, sino que, por su manera de señalar y la forma de gesticular, daba la impresión de que le preguntaba alguna dirección. La luna iluminaba la escena y la muchacha se quedó mirando la cara de aquel caballero maduro, que emanaba una bondad profunda, una magistral transparencia, una elocuente caballerosidad y gentileza, y que, a pesar de ser maneras muy anticuadas, eran sin duda distinguidas y parecían satisfacerle a sí mismo. Luego su mirada se desvió hacia el otro personaje y se quedó sorprendida al reconocer en él a un tal Mr. Hyde, quien había visitado en una ocasión a su amo y por el que había sentido inmediatamente una profunda antipatía. Sostenía en su mano un pesado bastón con el que se entretenía jugueteando, sin mediar palabra, escuchando al caballero sin disimular su impaciencia. De repente, le asaltó un tremendo ataque de cólera, empezó a patalear y a blandir su bastón en el aire, comportándose como un enajenado (tal y como lo describió la muchacha). El anciano retrocedió; parecía completamente asombrado y un tanto ofendido. Esa actitud precisamente acabó por encolerizar todavía más a Mr. Hyde, porque comenzó a darle bastonazos hasta que quedó en el suelo. A continuación, con una furia irracional, pisoteó a su víctima y le descargó tal tormenta de golpes que se oía el crujido de los huesos al quebrarse; el cuerpo fue a parar a la calzada. Ante aquellas imágenes y aquella brutal paliza, la muchacha se desmayó.

Eran las dos de la madrugada cuando volvió en sí y avisó a la policía. El asesino se había marchado mucho antes, pero allí, en medio del callejón, yacía su víctima, totalmente destrozada. El bastón con el que se había cometido el crimen, aunque era de una madera poco común, muy resistente y pesada, se había partido en dos trozos bajo la fuerza de aquella furia y sanguinaria paliza, y una de las partes astilladas se había quedado cerca de la cuneta próxima; la otra, sin duda, se la llevó consigo el asesino. En el cuerpo de la víctima encontraron un monedero y un reloj de oro, pero ninguna tarjeta ni documento, excepto un sobre lacrado y franqueado, que probablemente el anciano caballero llevaba al correo, y en el que constaban el nombre y la dirección de Mr. Utterson.

Aquella misma mañana, antes de haberse levantado de la cama, le llevaron el sobre, informándole al mismo tiempo de todas las circunstancias y del fatal incidente. Tan pronto como supo todos los pormenores, contrajo los labios con dolor.

–No diré nada hasta que no haya visto el cadáver –anunció–. Puede ser un caso muy serio. Tengan la amabilidad de esperar mientras me visto.

Y con la misma serenidad que reflejaba su semblante, desayunó a toda prisa y se dirigió a la comisaría, lugar en el que yacía el cadáver. Tan pronto como entró en el depósito, asintió con la cabeza.

–Sí –dijo–, conozco a este hombre, y siento comunicarles que se trata de sir Danvers Carew.

–¡Santo Dios! –exclamó el oficial–. ¿Será posible? –y al momento en su mirada se encendió una chispa de ambición profesional–. Este asunto va a provocar un gran escándalo –dijo–. Tal vez usted pueda ayudarnos a encontrar al asesino –y brevemente le describió los hechos según el testimonio de la joven sirvienta y le mostró el trozo de bastón.

Mr. Utterson ya se había asustado al oír el nombre de Hyde, pero cuando le pusieron el bastón delante de los ojos no le quedó ninguna duda, incluso a pesar de estar completamente destrozado; él mismo se lo había regalado a Henry Jekyll años atrás.

–¿Ese Mr. Hyde que buscan es un hombre de corta estatura? –inquirió.

–Singularmente bajo y con aire un tanto malévolo, según las palabras de la joven –dijo el oficial.

Mr. Utterson meditó un momento y, levantando la cabeza, dijo:

–Si quiere usted acompañarme en mi carruaje, creo que puedo conducirle hasta su casa.

Debían de ser las nueve de la mañana y el aire estaba envuelto en la neblina propia del invierno; un extenso manto de color oscuro cubría el cielo, pero el viento continuamente dispersaba aquella fortificación de nubes, de modo que, a medida que el carruaje iba avanzando lentamente entre las calles, Mr. Utterson podía contemplar infinidad de grados y matices de luz crepuscular; algunas franjas oscuras como el fondo marino, otras, engalanadas de diminutas manchas de un intenso color cárdeno, reflejo de una extraña conflagración; por un momento, las brumas casi desaparecían y un rayo de luz macilenta se dejaba ver entre los jirones de niebla. El triste barrio del Soho, contemplado bajo esos reflejos cambiantes, con sus calles fangosas y sus desaliñados transeúntes, con sus farolas que o no se habían apagado todavía o se habían vuelto a encender para combatir esa lúgubre oscuridad tenebrosa, aparecía ante los ojos del abogado como una sórdida pesadilla. Sus pensamientos, además de todo, eran sombríos, y cuando miraba de reojo a su compañero de viaje notaba el leve escalofrío producido por los efectos del miedo ante la ley y sus agentes que suele asaltar a veces incluso a los ciudadanos más honestos.

Mientras el carruaje se acercaba a la dirección indicada, la niebla se levantó un poco, permitiendo a Mr. Utterson observar con claridad una callejuela miserable e inmunda repleta de tabernas, incluido un restaurante francés de dudosa reputación, así como una tienda de cachivaches y baratijas, en la que se aglutinaba un número infinito de chiquillos harapientos; algunos estaban acurrucados en las inmediaciones de las puertas, otros, inquietos por el hambre y la curiosidad infantil, miraban el escaparate de la mencionada tienda. Dentro del paisaje urbano de aquella calle, numerosas mujeres de diferentes nacionalidades salían de sus casas, ansiosas por tomar el primer trago de la mañana. Fue entonces cuando una niebla espesa se interpuso en su camino, aislando a Mr. Utterson de aquel mísero entorno. Delante de ellos se hallaba la casa de Mr. Hyde, el presunto heredero de un cuarto de millón de libras esterlinas.

Una anciana de rostro paliducho y cabellos plateados abrió la puerta. Su cara tenía una expresión maligna que disimulaba por pura hipocresía, aunque sus modales eran excelentes. Afirmó que allí vivía Mr. Hyde, pero que no estaba en casa. Había llegado muy tarde aquella noche, pero había vuelto a salir otra vez al cabo de una hora. No había nada de extraño en ello, porque sus costumbres eran muy irregulares y se ausentaba a menudo. De hecho, había pasado casi dos meses sin verle hasta la noche anterior.

–Bien, en ese caso, desearíamos ver sus habitaciones –dijo el abogado, y cuando la mujer empezó a decir que aquello era imposible Mr. Utterson añadió–: Será mejor que le diga quién es este caballero. Es el inspector Newcomen, de Scotland Yard.

Un instante de maliciosa alegría iluminó el rostro de la mujer.

–¡Ah! –exclamó–. ¡Así que se ha metido en algún lío! ¿Qué ha hecho?

Mr. Utterson y el inspector se miraron de reojo.

–No parece gozar de demasiadas simpatías –observó el segundo–. Y ahora, buena mujer, permítanos que echemos un vistazo.

La casa, de no ser por la vieja, permanecería prácticamente vacía. Mr. Hyde utilizaba únicamente un par de habitaciones, amuebladas con refinada elegancia y buen gusto. Había un armario repleto de vinos; la cubertería era de plata, y los manteles, delicados; de una de las paredes colgaba un cuadro magnífico, que Mr. Utterson supuso que sería un regalo de Henry Jekyll, pues era un gran entendido en esta materia; y las alfombras eran muy gruesas y de agradables colores. En aquellos momentos, sin embargo, las habitaciones daban muestras de haber sido registradas de arriba abajo hasta el último rincón con anterioridad, y a toda prisa; prueba de ello eran, por ejemplo, las ropas tiradas en el suelo, con los bolsillos vueltos hacia afuera, los cajones de los muebles abiertos y, en la chimenea, un montón de cenizas grises, como si alguien acabara de quemar un buen número de papeles. Entre estos restos, el inspector encontró el lomo verde de un talonario de cheques que se había resistido a la acción del fuego. Detrás de la puerta, hallaron la otra mitad del bastón. Como eso confirmaba sus sospechas, el policía se declaró muy complacido. Su satisfacción fue completa cuando, al visitar el banco, descubrieron que varios miles de libras habían sido depositados en la cuenta del asesino.

–Puede estar seguro, señor mío –le dijo a Mr. Utterson–. Está en mis manos. Debe de haber perdido la cabeza, de lo contrario nunca hubiera abandonado el bastón, ni quemado el talonario de cheques. ¡Si el dinero es la vida para ese hombre! No tenemos más que esperar en el banco hasta que requiera de algún dinero y publicar algunos carteles de su busca y captura.

Esto último, sin embargo, no era tan fácil de conseguir, porque Mr. Hyde frecuentaba a muy poca gente y en contadas ocasiones. El mismo amo de la joven sirvienta lo había visto tan solo un par de veces. En ningún lugar pudo hallarse el menor indicio de su familia. Nunca había sido fotografiado y los pocos que pudieron describirlo se contradecían, como acostumbra a pasar con observadores no profesionales. Solo coincidían en un único punto: aquella profunda sensación de deformidad que el fugitivo dejaba a su paso.

5

El asunto de la carta

Cuando ya empezaba a anochecer, Mr. Utterson llegó a casa del Dr. Jekyll, donde fue recibido por Poole de inmediato; este lo condujo, atravesando la cocina y el patio, que en otro tiempo había sido un jardín, hasta el edificio conocido indistintamente como el laboratorio o el quirófano. El doctor había adquirido la casa cuando se la compró a los herederos de un prestigioso cirujano. Teniendo en cuenta que su especialidad lindaba mucho más con la química que con la anatomía, había cambiado la estructura y los utensilios de la zona de estudio, es decir, del laboratorio. Era la primera ocasión en que el abogado era recibido en aquella parte de la vivienda de su amigo. Observó minuciosamente aquel lóbrego edificio, que carecía de ventilación y, una vez dentro, no pudo evitar curiosear todo el entramado que tan extraño resultaba para él, pues era un espacio frío y diáfano terriblemente desolado y silencioso. Había numerosas mesas, repletas de instrumentos y aparatos de química, y en el suelo yacía un montón de paja esparcida alrededor de las mesas de embalaje. La luz era escasa, tanto que daba un ambiente decrépito y sombrío a todo el espacio. Al fondo, un tramo de escalera subía hasta una puerta tapizada de rojo. Por aquella puerta, Mr. Utterson se introdujo finalmente en el gabinete del doctor. Era una habitación espaciosa, con las paredes llenas de vitrinas y alacenas. También había, entre otras cosas, un espejo de cuerpo entero y una mesa escritorio, que daba al patio por tres polvorientas ventanas protegidas con barrotes de hierro. El fuego ardía en el enrejado de la chimenea y sobre la repisa había una lámpara encendida, pues hasta en el interior de las casas la niebla empezaba a hacerse espesa. Allí, arrimado al calor del fuego, estaba sentado el Dr. Jekyll, que parecía gravemente enfermo. No se levantó para recibir a su visitante, pero le tendió su mano, que estaba fría como el hielo, y lo saludó acto seguido con un tono vacilante.

–Y bien –dijo Mr. Utterson, en cuanto Poole desapareció detrás de la puerta–, me imagino que te habrás enterado de la noticia.

El doctor se estremeció.

–La han estado anunciando a gritos en la plaza –dijo–. La he oído desde el comedor.

–Solo una palabra –dijo el abogado–. Carew era cliente mío, pero también lo eres tú, y tengo que saber qué estoy haciendo. ¿No habrás sido tan loco e imprudente como para esconder a ese individuo?

–Utterson, te juro por lo más sagrado –exclamó el doctor–, te juro por Dios que no volveré a ponerle los ojos encima nunca más. Te doy mi palabra de honor de que he terminado mi trato con él para siempre. Todo este asunto está ya finalizado. En realidad ese hombre no precisa de mi ayuda. Tú no lo conoces como yo. Está a salvo, totalmente a salvo, y, toma nota de mis palabras, nunca se volverá a saber de él.

Mientras escuchaba esas palabras el abogado, advirtió que la cara de su amigo estaba amarillenta, parecía tener fiebre.

–Pareces tener todo controlado y estar muy seguro en lo referente a ese hombre –dijo–, y espero, por tu bien, que tengas razón. Si se inicia un proceso judicial, tu nombre podría salir a relucir.

–Estoy absolutamente seguro en lo que a él respecta –replicó Jekyll–. Tengo razones de peso, aunque no puedo ser más explícito. No obstante, sí que me gustaría que me dieras tu punto de vista en relación con una cuestión concreta. Resulta que he recibido una carta, y me encuentro en el dilema de si debo enseñársela o no a la policía. Me gustaría dejarlo en tus manos, Utterson. Tú juzgarás con más sentido común que yo, estoy seguro, tengo plena confianza en ti.

–¿Acaso tienes miedo de que pueda ser detenido? –preguntó Mr. Utterson.

–No –contestó el otro–, no puedo decir que me preocupe Hyde. He terminado con él. Estaba pensando en mi propia reputación, gravemente perturbada debido a este terrible asunto.

Utterson se quedó pensativo durante unos segundos, dudaba de la respuesta de su amigo, pues en ella se reflejaba cierto egoísmo, que al mismo tiempo le producía sorpresa y alivio.

–Está bien –concedió finalmente–. Déjame ver esa carta.

La carta estaba escrita con una caligrafía muy extraña, de trazo erguido, y llevaba la firma de Edward Hyde. En ella se plasmaba, de manera sencilla y concisa, que el benefactor del firmante, el Dr. Jekyll, a quien había correspondido indignamente a sus infinitas muestras de generosidad, no tenía que preocuparse en absoluto por su seguridad, pues disponía de medios para escapar de los que podía fiarse totalmente. Al abogado no le pareció mal aquella carta. Resultaba aquella relación menos siniestra de lo que parecía en principio, y se reprochó a sí mismo algunas de sus anteriores sospechas.

–¿Tienes el sobre? –preguntó.

–Lo he quemado –repuso Jekyll–, sin darme cuenta de lo que estaba haciendo. Pero no llevaba matasellos. La carta fue entregada en mano.

–¿Puedo guardarla para meditar sobre esta cuestión? –preguntó Utterson.

–Me gustaría que decidieras por ti mismo con absoluta libertad –fue la respuesta–. He perdido la confianza en mí mismo y no tengo criterio para juzgar por mi cuenta.

–Bueno, lo pensaré –respondió el abogado–. Y ahora cuéntame una última cosa: ¿fue Hyde quien dictó los términos de tu testamento relativos a la contingencia de tu desaparición?

El doctor palideció llegando casi hasta el desfallecimiento. Apretó los labios y asintió.

–Lo sabía –dijo Utterson–. Su propósito era asesinarte. Te has librado de milagro.

–Estoy francamente arrepentido –repuso solemnemente el doctor–. He recibido una lección. ¡Dios mío, Utterson, qué lección he recibido!

Y se quedó un momento con el rostro hundido entre las manos.

Cuando se disponía a salir, el abogado intercambió unas palabras con Poole.

–Por cierto –le comentó–, hoy ha sido entregada en mano una carta. ¿Qué aspecto tenía el mensajero?

Pero Poole dijo estar seguro de que, a excepción del correo ordinario, no había llegado nada.

–Y únicamente eran circulares –añadió.

Estas noticias despistaron todavía más a Utterson, hasta el punto de que nuevamente se acrecentaron sus temores, mucho más que a su llegada. Era evidente que la carta se habría introducido por la puerta del laboratorio, o incluso podría haber sido escrita en aquel mismo gabinete. De ser cierta esa sospecha, era su responsabilidad juzgar las cosas de manera distinta y conducirse con la máxima cautela. Cuando se alejaba, encontró por el camino a múltiples vendedores de prensa pregonando a gritos por las aceras: «Edición especial: miembro del Parlamento, víctima de un terrible asesinato». Aquella proclamación del asesinato era una constante oración en memoria de su amigo y cliente, y no pudo evitar pensar con temor y mucho pesar, que el buen nombre de su otro amigo podía caer en el escándalo. En última instancia, era su deber tomar una decisión extremadamente delicada y, aunque habitualmente le bastaba con su criterio, se encontraba ahora en una encrucijada muy difícil de precisar, y requería del consejo de otra persona. Era un tanto comprometido hacerlo abiertamente, por lo que pensó que tal vez sería mejor hacerlo de una forma indirecta.

Poco después, estaba sentado en su casa a un lado de la chimenea, con Mr. Guest, su primer pasante, sentado al otro lado. Entre ambos, a una bien calculada distancia del fuego, se alzaba de nuevo un apreciado menester que unía sus gustos, una excelente botella de vino de una cosecha harto exquisita, y que había sido reservada en la bodega de su casa durante largo tiempo. La niebla continuaba impregnando la ciudad con su velo de seda, sumergida en sus vapores. Las farolas brillaban con intensidad como puntitos refulgentes en esa nebulosa y, mientras tanto, a ras de suelo, el desfile de la vida urbana seguía circulando a través de sus grandes arterias, con un zumbido semejante al producido por un fuerte viento. Afortunadamente, la luz del fuego alegraba la estancia en la habitación. Dentro de la botella, la fermentación se había llevado a cabo mediante sabios procedimientos, consiguiendo una tonalidad rojo púrpura, alcanzada mediante tradicionales cuidados que confieren a un vino personalidad y cuerpo. Era una forma de evadir el hastío de un clima gris propio de la ciudad londinense, la compañía de un buen vino que te transportaba hasta la campiña francesa, imaginando las extensiones frondosas y aromáticas que dispensan los viñedos. Así, el abogado consiguió relajarse, algo fundamental para mediar en un asunto tan complicado y recibir de Mr. Guest los más sinceros consejos sobre lo que se traía entre manos. Guest también conocía al doctor y en varias ocasiones visitó a Jekyll para tratar sus asuntos. Por otro lado, había tratado con Poole y era poco probable que no hubiera oído hablar de las familiaridades que el Mr. Hyde se tomaba en aquella casa… Podría haber sacado sus propias conclusiones. ¿No era conveniente, pues, que viera la carta para que pudiera aclarar aquel misterio? Y, sobre todo, siendo Guest un notable estudioso y crítico de grafología, ¿no consideraría este gesto natural y halagador? Además, le gustaba dar consejos; raro sería que leyera tan extraño documento sin pronunciar alguna buena observación al respecto, lo cual, sin duda, ayudaría a Utterson a tomar una decisión.

–Es un asunto lamentable lo que ha ocurrido en relación con sir Danvers –dijo.

–Sí, señor, en efecto. Ha generado gran indignación en la opinión pública –repuso Guest–. Desde luego, ese hombre debe de estar loco.

–Me gustaría conocer su punto de vista al respecto –replicó Utterson–. Tengo aquí un documento escrito de su puño y letra. Pero me gustaría contar con su discreción al respecto, porque realmente me encuentro en una grave disyuntiva. En todo caso, se trata de un asunto muy oscuro. Creo que aquí hay algo que usted puede esclarecer mejor que yo, se trata de la firma de un asesino.

Los ojos de Guest resplandecieron y al instante se sentó para estudiarlo con verdadera entrega.

–Pues no, señor –dijo–, loco no, aunque sí que es una extraña caligrafía.

–No menos extraña que quien la ha escrito –añadió el abogado.

En ese mismo instante entró un criado con una nota.

–¿Es del Dr. Jekyll, señor? –inquirió el pasante–. Creo haber reconocido su letra. ¿Se trata de algo privado, Mr. Utterson?

–Es una invitación para cenar. ¿Por qué? ¿Quiere examinarla?

–Solo un momento. Gracias, señor.

Y el pasante puso las dos hojas de papel una al lado de la otra y comparó meticulosamente sus contenidos.

–Gracias, señor –repitió al fin, devolviendo a Utterson ambos manuscritos–; es una letra muy interesante.

Se hizo un silencio, durante el cual Mr. Utterson sostuvo una dura lucha consigo mismo.

–¿Por qué las ha comparado, Guest? –preguntó de repente.

–Verá usted, señor –repuso el pasante–, hay entre ellas una similitud bastante singular, las dos caligrafías son idénticas en muchos aspectos, solo difieren en la inclinación del trazo.

–Es bastante curioso –comentó Utterson.

–Usted lo ha dicho, es bastante curioso –repuso Guest.

–Me gustaría que no hablara con nadie sobre esta nota, ya me entiende –dijo el abogado.

–No, señor –respondió el pasante–. Comprendo.

Apenas se quedó solo aquella noche, Mr. Utterson guardó la nota dentro de su caja fuerte, donde permanecería desde ese momento.

«¡Cómo es posible! ¡Henry Jekyll falsificando una carta para ayudar a un asesino!», pensó. Y sintió que la sangre se le helaba en las venas.

6
El asombroso caso del Dr. Lanyon

Fue pasando el tiempo. La muerte de sir Danvers fue considerada como un grave oprobio público y contra el orden establecido, y se llegó incluso a ofrecer miles de libras de recompensa; sin embargo, Mr. Hyde parecía estar fuera del alcance de la policía, como si nunca hubiera existido. Por supuesto, episodios de su pasado salieron a la luz, incidentes que demostraban la crueldad de aquel hombre. Era considerado un hombre frío, calculador y violento, así como indecoroso respecto a su vida infame, rodeada de extraños cómplices, lo que acrecentaba más la animadversión que provocaba su figura. Sin embargo, por el momento, nada se sabía de su paradero. Desde que había abandonado su casa en el Soho la madrugada del asesinato había desaparecido sin más.

A medida que pasaba el tiempo, Mr. Utterson comenzó a superar su estado de ansiedad y a recuperar la paz interior. La muerte de sir Danvers Carew quedaba compensada, a su entender, con la desaparición de Mr. Hyde.

Ahora que aquella diabólica influencia se había evaporado, comprendió que una nueva vida comenzaba para el Dr. Jekyll. Salió de su reclusión, reanudó el trato con sus amigos, se convirtió una vez más en el excelente anfitrión que era y, si hasta entonces había sido célebre por sus obras de caridad y su labor social, empezó ahora a distinguirse también por su devoción religiosa.

Estaba entregado a su trabajo en cuerpo y alma, pero sin descuidar su tiempo libre en compañía de sus amigos. Tenía un aspecto más fresco y saludable, como si su interior estuviera rebosado de una paz placentera, y fueron dos meses en los que el doctor había recuperado su habitual cordialidad.

El 8 de enero, Utterson cenó en casa del doctor con un reducido número de invitados. Lanyon también estaba allí. Las atenciones del anfitrión se fijaban en cada uno de los asistentes con educación y delicadeza, como en los viejos tiempos, cuando eran tres grandes amigos. Sin embargo, el día 12, y nuevamente el día 14, su actitud volvió a empeorar.

–El doctor está encerrado en sus habitaciones y no desea ver a nadie –le informó Poole.

El día 15 lo intentó otra vez, y de nuevo se le negó la entrada. Como se había acostumbrado durante los dos últimos meses a ver a su amigo casi a diario, intuyó que ese retorno a la soledad era algo que iniciaba un nuevo cúmulo de sospechas. A la quinta noche invitó a cenar a Guest, y la noche siguiente acudió a casa del Dr. Lanyon. Allí al menos no le impedirían entrar, pero en cuanto traspasó el umbral se quedó impresionado por el cambio que se había producido en el aspecto del doctor. Soportaba en su semblante su propia sentencia de muerte.

Su tez sonrosada se había vuelto pálida, la robustez de su cuerpo había desaparecido, estaba visiblemente más calvo y envejecido; y, sin embargo, no fueron solo esos síntomas de incipiente decadencia física los que llamaron la atención del abogado, sino su mirada y sus gestos, que atestiguaban un terror asentado en lo más profundo de su espíritu. Era poco probable que el doctor temiera sobre su propia muerte, aunque fue lo que Utterson se inclinó a sospechar. «Sí –quiso pensar–, es médico, conoce el estado en que se encuentra y sabe que sus días están contados, y no puede soportar saberlo». No obstante, cuando Utterson aludió a su mal aspecto, Lanyon demostró una enorme entereza al declarar que estaba condenado.

–He sufrido un gran golpe –dijo– del que jamás me repondré. Es cuestión de semanas. Bueno, la vida ha sido agradable; he disfrutado, sí, señor, mucho. A veces pienso que, si lo supiéramos todo, estaríamos más contentos de abandonar este mundo.

–También el Dr. Jekyll está enfermo –observó Utterson–. ¿Lo has visto?

Lanyon increpó esa mención y levantó una mano temblorosa.

–No quiero volver a ver al Dr. Jekyll ni quiero volver a saber de él –gritó con voz inestable–. He roto con esa persona y te ruego que no menciones su nombre, porque por lo que a mí respecta, está muerto y condenado.

–¡Venga, hombre! –exclamó Mr. Utterson y, después de una pausa considerable, preguntó–: ¿Puedo hacer algo? Somos tres viejos amigos, desde hace mucho, Lanyon, y no vamos a vivir lo bastante para hacer otras amistades.

–No hay nada que añadir –respondió Lanyon–. Pregúntaselo a él.

–No quiere verme –contestó el abogado.

–No me sorprende lo más mínimo –fue la respuesta–. Algún día, Utterson, después de que yo haya muerto, tal vez descubras las dos caras de la moneda de todo este asunto. No puedo contártelo. Mientras tanto, si deseas entablar conmigo otro tipo de conversación, por el amor de Dios, quédate y hazlo, pero si no puedes evitar referirte a ese maldito asunto, entonces, en el nombre de Dios, vete, porque no puedo soportarlo.

Nada más llegar a su domicilio, Utterson se puso a escribir una carta a Jekyll, en la que se quejaba de no ser admitido en su casa y le preguntaba la causa de su desafortunada ruptura con Lanyon.

Al día siguiente recibió una larga respuesta, con un tono siniestro y patético, llena de frases oscuras y misteriosas. La pelea con Lanyon era irreparable. «No culpo a nuestro viejo amigo –escribía Jekyll–, pero comparto con él la opinión de no volver a vernos. He decidido llevar una vida de absoluta reclusión de ahora en adelante; espero que no te sorprendas de ello y, mucho menos, que dudes de mi amistad y lealtad si te encuentras con la puerta cerrada, incluso para una persona como tú, a quien te aseguro que respeto.

»Debes permitirme que yo siga mi camino, por muy oscuro que sea. Yo mismo me he condenado a un perpetuo castigo del que no puedo hablarte. Si soy el mayor de los pecadores, también soy el mayor de los penitentes. No podía imaginar que en la Tierra hubiera espacio para sufrimientos y terrores tan inhumanos. No puedes hacer sino una cosa, Utterson, para aligerar mi destino: respetar mi silencio».

Utterson se sintió abrumado. La siniestra influencia de Hyde había sido reiniciada, el doctor había vuelto a sus antiguos quehaceres y amistades. Hacía una semana, apenas siete días, la esperanza le sonreía con la promesa de una vejez alegre y digna y, de repente, la amistad y la paz de espíritu y el porvenir de su vida entera se encontraban en los derroteros de la decadencia. Una actitud tan sectaria e inesperada era producto de la locura y las malas compañías, y a juzgar por las palabras de Lanyon, tenía que existir una razón mucho más profunda.

Una semana después, el Dr. Lanyon tuvo que quedarse en cama y en menos de quince días había fallecido. Después del funeral, Utterson se quedó terriblemente afectado por el suceso, y decidió encerrarse en su despacho.

Aquella noche, sentado a la luz de una melancólica vela, sacó y se dispuso a examinar un sobre escrito a mano, lacrado con el sello de su difunto amigo. «CONFIDENCIAL: para ser entregado a J. G. Utterson EXCLUSIVAMENTE, y en caso de que su muerte aconteciera antes que la mía, para ser destruido sin leerlo»; así se había escrito exactamente en el sobre, y con ese énfasis el difunto se había pronunciado.

El abogado temió examinar su contenido. «Hoy he enterrado a un amigo», pensó, «¿y si abrir el sobre me hiciera perder otro?». Mas de inmediato identificó su temor como una muestra de deslealtad y rompió el sello. En el interior había otro sobre cerrado, lacrado y sellado igualmente, y en la cubierta aparecía la siguiente anotación: «No abrir hasta la muerte o desaparición del Dr. Henry Jekyll». Utterson no podía dar crédito a sus ojos. Sí, decía «desaparición», exactamente como estaba escrito en el escalofriante testamento del mismo Dr. Jekyll. Aquí nuevamente se relacionaba la idea de una desaparición con el nombre de Henry Jekyll. Sin embargo, en el testamento, aquella idea había surgido de la detestable influencia del tal Hyde; aquí, en cambio, era evidente que había sido intencionado. Escrito de la mano de Lanyon, ¿qué significado tenía? Una inmensa curiosidad invadió al abogado, hasta el punto de estar dispuesto a ignorar la prohibición y llegar de una vez al fondo de aquel misterio, pero la ética profesional y la fidelidad debida al amigo difunto imponían estrictas obligaciones. Así, toda la incógnita que se derivaba del sobre fue a parar a la caja fuerte.

Pero una cosa es reprimir la curiosidad y otra muy distinta es vencerla del todo. Quizá desde aquel día, Utterson no deseó ya el trato con Jekyll con la misma intensidad que antes. Por supuesto, le unía a él un estrecho cariño y un gran afecto, pero en su mente se albergaba también mucha inquietud y un gran terror, algo que provocaba cierto rechazo. Iba a visitarlo, naturalmente, pero se sentía aliviado cada vez que se le cerraba la puerta.

En el fondo de su corazón, prefería hablar con Poole en el umbral de la puerta, al aire libre y rodeado por los sonidos de la ciudad, antes que ser admitido en aquella casa y sentirse en cautiverio y como si interrogase a un recluso que en los viejos tiempos había sido su amigo. El hecho es que Poole no tenía buenas noticias. Al parecer, ahora más que nunca, el doctor se confinaba en el gabinete del laboratorio, donde a menudo se quedaba a dormir. Estaba decaído, se había vuelto muy taciturno y ni siquiera leía. Estaba como dominado por una enorme preocupación. Utterson fue acostumbrándose de tal manera a esta continuidad en el comportamiento de Jekyll que paulatinamente fue reduciendo de manera voluntaria la frecuencia de sus visitas.

7
El incidente de la ventana

Un domingo, durante uno de los habituales paseos del Utterson y Mr. Enfield, desembocaron de nuevo en aquella callejuela y, al pasar ante la puerta, ambos no pudieron evitar detenerse para contemplarla.

–Bien –dijo Enfield–, al menos este capítulo de la historia se ha cerrado para siempre. Afortunadamente no volveremos a ver nunca a Mr. Hyde.

–Espero que no –repuso Utterson–. ¿Te he contado alguna vez que en una ocasión pude contemplar su rostro y experimenté la misma sensación de rechazo que tú?

–Era imposible que se diese lo uno sin lo otro –respondió Enfield–. Por cierto, me has debido de considerar un idiota al no percatarme de que esta puerta era la entrada posterior de la casa del Dr. Jekyll. En parte, lo descubrí por una indiscreción tuya.

–Así que te has enterado, ¿eh? –dijo Utterson–. Pues siendo así, podríamos entrar en el callejón y echar un vistazo a las ventanas. Si quieres que te sea sincero tengo que decirte que estoy preocupado por el pobre Jekyll. Creo que, aunque sea desde aquí fuera, la presencia de un amigo podría hacerle mucho bien.

En el callejón la temperatura era muy baja y había muchísima humedad. Para colmo de males, el espacio estaba muy oscuro, y esa penumbra no se correspondía con otros lugares de la ciudad, pues se trataba de un día soleado y el cielo estaba despejado en un agradable atardecer. De las tres ventanas que se divisaban, únicamente la del medio estaba entreabierta, y Utterson pudo ver al Dr. Jekyll sentado muy próximo a ella, tomando el aire con una indescriptible tristeza en el semblante, como un prisionero desconsolado.

–¡Qué tal, Jekyll! –gritó–. Confío en que estés mejor.

–Estoy muy deprimido, Utterson –replicó el doctor con cierta nostalgia–, estoy desanimado. Gracias a Dios, esto no va a durar mucho.

–Pasas demasiado tiempo encerrado –dijo el abogado–. Deberías salir y mover las piernas como Mr. Enfield y yo. Te presento a mi primo, Mr. Enfield. El Dr. Jekyll. Vamos, coge tu sombrero y ven a dar una vuelta con nosotros.

–Te lo agradezco mucho –suspiró el otro–. Me encantaría, pero, no, no, no, es imposible. No me atrevo. De todas formas, Utterson quiero que sepas que me alegra mucho verte. Sinceramente, es un gran placer. Me gustaría invitaros para que subierais, pero, francamente, este habitáculo no creo que sea muy adecuado para recibir a nadie.

–Pues entonces –dijo el abogado, bondadosamente–, nos quedaremos donde estamos para hablar contigo desde aquí abajo.

–Precisamente, es lo que os iba a proponer –respondió el doctor, con una sonrisa.

Pero acababa de proferir estas palabras cuando la sonrisa desapareció bruscamente de su rostro y apareció en su lugar una mueca de terror y desesperación que heló la sangre a los dos hombres de abajo. Pudieron vislumbrar cómo el semblante del doctor se desencajó de inmediato durante un breve instante, y, enseguida, la ventana se cerró de golpe. Sin embargo, aquella visión fue más que suficiente. Se dieron la vuelta y se alejaron del callejón sin mediar una palabra. Todavía en silencio atravesaron la callejuela y, hasta que no llegaron a una calle vecina bastante animada a pesar de ser domingo, Utterson no se volvió a mirar a su compañero. Estaban los dos pálidos, y el horror se reflejaba en sus ojos.

–¡Que Dios se apiade de nosotros! ¡Que Dios se apiade de nosotros! –exclamó Mr. Utterson.

Mr. Enfield se limitó a asentir con un movimiento de cabeza, muy serio, y siguió caminando otra vez en silencio.

8
La última noche

Cierta noche, después de cenar, Mr. Utterson estaba sentado junto a la chimenea cuando fue sorprendido por la visita de Poole.

–Por Dios, Poole, ¿qué le trae por aquí? –exclamó y, al observar su cara de preocupación, intuyó alguna catástrofe, ¿está enfermo el doctor?

–Mr. Utterson –dijo el hombre–. Hay algo que no va bien.

–Tome asiento, y tome una copa de vino –dijo el abogado–. Ahora, con tranquilidad, cuénteme claramente qué pasa.

–Usted conoce el comportamiento del doctor, señor –respondió Poole–, y que últimamente permanece en absoluta reclusión. Pues bien, ha vuelto a encerrarse en el gabinete, y no me gusta nada, señor. ¡Que me muera aquí mismo si miento! Mr. Utterson, estoy asustado.

–Pero, buen hombre –dijo el abogado–, sea más explícito. ¿De qué tiene miedo?

–Llevo una semana muy asustado –respondió Poole, ignorando la pregunta obstinadamente–, y no puedo soportarlo más.

La expresión de aquel hombre valía por mil palabras y ratificaba la seriedad del asunto. Su semblante estaba alterado y, desde que hizo su primera declaración del miedo que sentía, no había podido mirar fijamente a los ojos del abogado ni un momento. Permanecía sentado con la copa de vino intacta sobre sus rodillas y con la mirada fija en un rincón del suelo.

–No puedo soportarlo más –repitió.

–Serénese –dijo el abogado–. Ya veo, Poole, que tiene sus buenas razones y que se trata de algo muy grave. Trate de decirme lo que ocurre.

–Creo que hay gato encerrado –dijo Poole, con voz ronca.

–¡Gato encerrado! –exclamó el abogado, muy asustado y sintiéndose irritado por ello–. ¿Qué es lo que quiere decir con «gato encerrado»? ¿Qué significa todo este asunto?

–No me atrevo a decírselo, señor –fue la respuesta–. ¿Quiere venir conmigo y presenciarlo usted con sus propios ojos?

Mr. Utterson no se demoró ni un instante ante esta respuesta; se levantó, se puso el abrigo y el sombrero, y se dispuso a salir rápidamente ante el asombro del mayordomo, el cual, evidentemente, suspiró de alivio. Y no menos sorpresa le causó el que dejara la copa de vino intacta para seguirle.

Era una noche desapacible y fría, una noche en que la humedad traspasaba hasta los huesos, con una luna tan opaca y turbia que apenas hacía visibles las siluetas, perdidas en una gigantesca bruma que levitaba en el horizonte. El viento impedía la conversación y enrojecía sus rostros, a la vez que dejaba las calles desiertas y desoladas por dondequiera que se mirase. Mr. Utterson estaba perplejo de aquel vacío, jamás había visto aquella zona de Londres como un páramo despoblado. Al mismo tiempo, jamás sintió un deseo tan agudo de ver y tocar a sus semejantes, pues, por más que trataba de evocar sentimientos más positivos, se había apoderado de su ánimo un abatimiento profundo, como si pudiera presentir la peor desgracia.

Al llegar a la plaza arreció el viento. Todo estaba cubierto de hojas y tierra, y las ramas de los árboles parecían agitarse con tanta fuerza como un huracán, anunciando en su interior un sinfín de atosigantes calamidades. Poole, que había avanzado durante todo el camino delante de él, se detuvo de repente, y parecía tan perturbado que tuvo que secar el sudor de su frente con un pañuelo rojo. Sudor fruto de sus nervios y del cansancio del camino, pues habían caminado con tanta zozobra y apresuramiento que ambos estaban igualmente sofocados. Habían llegado por fin a la casa del Dr. Jekyll, revelando su desasosiego en el tono de sus caras, sensiblemente pálidas en ambos casos.

–Bien, señor –dijo–, ya estamos. Dios quiera que no haya ocurrido nada malo.

–Así sea, Poole –dijo el abogado.

El sirviente llamó con mucha cautela. La puerta se abrió con la cadena de seguridad puesta y una voz preguntó desde dentro:

–¿Eres tú, Poole?

–Sí, soy yo –contestó Poole–. Abre la puerta.

Pasaron al salón, que estaba bien iluminado por el fuego de una chimenea que ardía como el mismo infierno. Alrededor se había reunido todo el servicio, hombres y mujeres, apiñados como un rebaño de ovejas en busca de alguna respuesta. Al contemplar a Mr. Utterson, una de las doncellas rompió a llorar con un sollozo algo histérico, y la cocinera se abalanzó hacia él gritando:

–¡Gracias a Dios! Es Mr. Utterson.

–¿Qué ocurre? ¿Están todos aquí? –interpeló el abogado, de mal humor–. Esta situación desde luego no es normal, no creo que vuestro amo esté muy orgulloso de vosotros.

–Tienen miedo –dijo Poole.

Se hizo el silencio, nadie objetó nada: solo la doncella lloraba sin interrupción.

–¡Cállate! –ordenó Poole, con una agresividad que denotaba su estado de nervios.

Lo cierto es que, al romper a llorar la doncella con tanta furia y tanto desgarro, todos al mismo tiempo se volvieron a la puerta interior con caras de terror.

–Y ahora –continuó el mayordomo, dirigiéndose al pinche de cocina– tráeme una vela y acabemos con este asunto de una vez por todas.

A continuación le rogó a Mr. Utterson que siguiera sus pasos, y lo condujo al jardín posterior.

–Señor –dijo–, entre lo más sigilosamente que pueda. Quisiera que escuchase sin que lo oigan. Y otra cosa, señor, si por casualidad él le pide que entre, no lo haga.

Ante todo el inesperado preámbulo, Mr. Utterson pareció perder los nervios, pero con su ánimo y coraje se introdujo junto al mayordomo por el edificio del laboratorio, a través del quirófano que estaba repleto de cajas y frascos hasta el pie de la escalera. Allí Poole le hizo señas para que se pusiera a un lado y escuchara, mientras él, por su parte, tras dejar la palmatoria en el suelo y sacando todas sus fuerzas, subió los escalones y llamó con mano trémula a la puerta del gabinete tapizada de rojo.

–Mr. Utterson desea verle, señor –y mientras hablaba, una vez más, le hizo enérgicas señas al abogado para que prestara atención.

Una voz quejumbrosa respondió desde el interior:

–Dile que no puedo ver a nadie.

–Está bien, señor –dijo Poole, con un sutil tono de seguridad, como cuando uno demuestra su razón.

Recogió la palmatoria y condujo a Mr. Utterson de vuelta a través del jardín hasta la enorme cocina, donde el fuego estaba apagado y las cucarachas circulaban a sus anchas por el suelo.

–Señor –dijo mirando a Mr. Utterson directamente a los ojos–, ¿usted piensa que la voz que acaba de escuchar es la de mi amo?

–Parecía muy cambiada –contestó el abogado, muy pálido, pero devolviéndole la mirada.

–¿Cambiada? Bueno, sí, ya lo creo –dijo el mayordomo–. ¿Me he pasado yo veinte años en la casa de este hombre como para confundir su voz? No, señor; a mi amo deben haberlo asesinado. Desapareció hace casi ocho días, cuando lo oímos gritar invocando a Dios. ¡No sé la persona que ha ocupado su lugar y los motivos que ha tenido para hacerlo, Mr. Utterson!

–Es una historia muy extraña, Poole, absolutamente incoherente, hombre –dijo Mr. Utterson, mordisqueando uno de sus dedos–. Supongamos que haya ocurrido como usted imagina y que el Dr. Jekyll haya sido…, bueno, sí, asesinado; ¿qué podría impulsar al asesino a permanecer en el lugar del crimen? No tiene ni pies ni cabeza, no se ajusta a la razón.

–Mr. Utterson, no es usted hombre fácil de convencer, pero, de todos modos, voy a conseguirlo –dijo Poole–. Debe saber que a lo largo de toda esta semana él, o lo que quiera que sea que vive en ese gabinete, ha estado clamando día y noche por cierta medicina que no es capaz de conseguir a su gusto. Él, el amo, claro está, solía escribir algunas veces sus encargos en una hoja de papel que dejaba en la escalera. Pues no hemos tenido otra cosa esta semana, que papeles y más papeles y la puerta cerrada. Ahí le dejábamos las comidas y las introducían cuando nadie miraba. Bien, señor, hasta dos o tres veces por día, encontrábamos órdenes y quejas. He sido enviado con prisas a todas las boticas de venta al por mayor de la ciudad. Y cada vez que llegaba con el producto, me encontraba otro papel diciéndome que lo devolviera, que no era puro, y un nuevo encargo para una botica diferente. Esa sustancia es indispensable, señor, sea para lo que sea.

–¿Conserva alguno de esos papeles? –preguntó Mr. Utterson.

Poole palpó en el interior de uno de sus bolsillos y sacó una nota arrugada, que el abogado, inclinándose a la luz de la vela, examinó cuidadosamente. Su contenido decía así:

El Dr. Jekyll manda un saludo a los señores Maw. Asegura que el último pedido no es lo suficientemente puro para sus propósitos actuales, y ha resultado infructuoso para sus experimentos. En el año 18…, el Dr. Jekyll compró a los señores Maw una considerable cantidad de esa sustancia. Hoy por hoy, les ruega con insistencia que averigüen con la mayor brevedad y diligencia si entre sus existencias quedaran muestras de la misma pureza, para serle enviada tan pronto como sea posible. El precio no será problema. Difícilmente se podrá explicar lo importante y crucial que es este material para el Dr. Jekyll.

Hasta aquí la carta resultaba bastante coherente y dentro de lo normal; sin embargo, a partir de ese punto se desataba un cierto arrebato emocional y la pluma se perdía en garabatos para añadir:

Por el amor de Dios, hagan el favor de buscar la antigua remesa.

–Es una extraña nota –dijo Mr. Utterson, y luego interrogó suspicaz–: ¿por qué la tiene usted, abierta y sin sobre?

–El boticario de Maw se puso tan furioso, señor, que me la tiró a la cara como si fuera basura –respondió Poole.

–No hay duda de que ha sido escrita del puño y letra del doctor, ¿verdad? –continuó el abogado.

–Así lo he supuesto –dijo el sirviente, irritado, y con voz alterada añadió–: pero... ¿qué importa la autoría de la letra teniendo en cuenta que lo he visto?

–¿Que lo ha visto? –repitió Mr. Utterson–. ¿Y bien?

–¡Pues lo dicho! –contestó Poole–. Ocurrió lo siguiente. Yo había entrado de improviso en el laboratorio desde el jardín. Probablemente él había salido a hurtadillas del gabinete para buscar esa droga, o lo que quiera que sea, puesto que la puerta estaba abierta, y allí estaba él, al fondo del quirófano, hurgando entre las cajas. Al entrar yo, alzó la vista, soltó una especie de gemido y se precipitó escaleras arriba al gabinete. Apenas pude observarlo un minuto, pero bastó para que se me pusieran los pelos de punta. Señor, si lo he servido durante tanto tiempo, ¿por qué llevaba una máscara sobre su rostro? Si aquella figura era la de mi amo, ¿por qué chilló como una rata y huyó tan apresurado? Como si no me conociera... Y luego...

El hombre interrumpió sus palabras y se pasó la mano por la cara.

–Todo es muy extraño, sí –dijo Mr. Utterson–, pero creo que empiezo a ver las cosas claras. Su amo, Poole, creo que está siendo víctima de una especie de enfermedad, cuyo sufrimiento, en parte, se relaciona con algún tipo de proceso de deformación física. Es por eso por lo que su voz está dentro de un mecanismo de alteración, por lo que se oculta tras la máscara y por lo que, en definitiva, intenta evitar a los amigos constantemente. Así que no podemos sorprendernos de que esté tan ansioso por encontrar esa extraña sustancia; el pobre hombre estará percibiendo que esa medicina sea su única esperanza. ¡Dios quiera que no esté equivocado! Pero es la única explicación que se me ocurre. Es muy triste, Poole, y es espantosa se mire por donde se mire, pero es sencilla y natural. Se ajusta perfectamente a la lógica y nos libra de esta alarma desorbitada.

–Señor –dijo el mayordomo, mientras su rostro palidecía extremadamente–, aquella figura, un horrible esperpento, no era mi amo, y así se lo afirmo rotundamente. Bien sabe que el Dr. Jekyll es un hombre con una altura considerable y un hombre de constitución fuerte, y lo que observé, señor –y su voz bajó de tono–, fue una masa encogida y deforme.

Utterson trató de protestar.

–¡Oh, señor! –exclamó Poole–. ¿Piensa usted que no conozco a mi amo después de veinte años? ¿Cómo puede pensar que soy incapaz de reconocerlo y de saber hasta dónde le llega la cabeza en la puerta del gabinete, después de haberlo visto allí todas las mañanas de mi vida? No, señor, aquella cosa de la máscara no podía ser el Dr. Jekyll. Dios sabe quién sería, pero el Dr. Jekyll nunca... Y mi corazón me dice que se ha cometido un crimen.

–Poole –replicó el abogado–, si usted lo afirma con tanta rotundidad, mi deber es comprobarlo. Por muy desconcertado que esté ante este insólito suceso, y a pesar del enorme respeto que me inspira su amo, en aras de probar que todavía esté vivo, considero que es mi deber echar abajo esa puerta.

–¡Así se habla, Mr. Utterson! –exclamó el mayordomo.

–Y ahora viene la segunda parte –continuó el abogado–. ¿Quién lo va a hacer?

–¿Quién? Usted y yo, señor –fue la decidida respuesta.

–Muy bien dicho –contestó el abogado–. Y pase lo que pase, yo cargo con la responsabilidad para que usted no salga perjudicado en nada.

–Hay un hacha en la sala de disección –prosiguió Poole–. Usted podría coger el atizador de la cocina.

El abogado tomó en sus manos aquel rudo y pesado instrumento y lo sopesó.

–¿Es consciente, Poole –dijo alzando la vista–, de que ambos nos vamos a poner en una situación de cierto peligro?

–Sí, dígalo con tranquilidad, ya lo creo –respondió el mayordomo.

–Entonces, será mejor que seamos francos –dijo el otro–. Nuestras sospechas superan con creces todo lo que hemos expresado y tenemos que confiar el uno en el otro. ¿Reconoció a esa figura enmascarada?

–Bueno, señor, pasó todo tan rápido y aquella criatura estaba tan retorcida sobre sí misma, que difícilmente podría asegurarlo –fue la respuesta–. Pero si lo que quiere decir es si era Mr. Hyde, pues bien, sí, ¡creo que sí! Era más o menos de la misma estatura y tenía la misma forma de moverse. Además, ¿quién más podría haber entrado por la puerta del laboratorio? No habrá olvidado, señor, que, cuando ocurrió el crimen, él tenía aún la llave en su poder y la cuestión es todavía más compleja...; no sé..., Mr. Utterson, ¿ha visto alguna vez a Mr. Hyde?

–Sí –respondió el abogado–, hablé una vez con él.

–Entonces sabrá usted, como todos nosotros, que había algo inquietante en aquel caballero, algo que provocaba angustia... No sabría cómo explicarlo, señor, algo intangible que te llegaba hasta las entrañas. Su simple presencia provoca hasta frío.

–Yo mismo experimenté las sensaciones que describe –dijo Mr. Utterson.

–Pues bien, señor –replicó Poole–, cuando aquella criatura enmascarada saltó como un mono entre las cajas de productos químicos y se escurrió hacia el interior del gabinete, sentí un escalofrío recorriéndome la espalda. Ya sé que estas intuiciones no son, por supuesto, pruebas suficientes, Mr. Utterson, no es que mi cultura sea muy extensa, pero los seres humanos tenemos presentimientos..., y yo le juro por la sagrada Biblia que aquel horripilante ser era Mr. Hyde.

–Sí, sí –asintió el abogado–. Mis sospechas, no lo dude, también apuntan en esa dirección. Una desgracia, me temo... De aquella relación no podía salir nada bueno. Le creo; creo que el pobre Henry ha sido asesinado y creo que su asesino, solo Dios sabe con qué propósito, sigue aún escondido en la habitación de su víctima. Pues bien, seamos nosotros los artífices de la venganza. Avise usted a Bradshaw.

El criado acudió al requerimiento extremadamente pálido y muy nervioso.

–Tranquilícese, Bradshaw –dijo el abogado–. Sé que la incertidumbre ha influido en todos ustedes, pero nuestra intención es finalizar de una vez todo este escabroso asunto. Poole y yo vamos a entrar por la fuerza en el gabinete. Si todo está bien, yo asumiré toda la responsabilidad. Pero si, efectivamente, algo malo hubiera ocurrido o alguien intentara escapar por la puerta de atrás, usted y el pinche de cocina esperarán a la vuelta de la esquina con dos buenos garrotes, junto a la puerta del laboratorio. Tienen diez minutos para estar en sus puestos.

Al salir Bradshaw, el abogado miró su reloj.

–Y ahora, Poole, vamos a lo nuestro –dijo y, con el atizador bajo el brazo, se dirigió hacia el patio.

El misterio parecía más exagerado por el ambiente de la noche. Apenas se podía discernir la luna, y el viento, que irrumpía a ráfagas en aquel siniestro edificio, zarandeaba la llama de la vela al paso de los dos hombres, hasta que entraron al abrigo de la sala, donde se sentaron en silencio a esperar. Londres continuaba en pleno ajetreo, pero allí dentro el silencio solo quedaba interrumpido por el ruido de unos pasos que recorrían arriba y abajo el gabinete.

–Así se pasa todo el día, señor –susurró Poole–, y buena parte de la noche. Únicamente se detiene cuando llega una nueva muestra de la botica. ¡Ay, es su mala conciencia la que no le concede un instante de reposo! ¡Ay, señor, cada paso que avanza dibuja en mi mente un chorro de sangre vilmente derramada! Pero escuche con atención, ponga toda su alma al escuchar y, dígame, ¿es ese el caminar del Dr. Jekyll?

Los pasos se extendían por la tarima del suelo con cierto ímpetu, como si sufriera la inquietud de un gran nerviosismo, y efectivamente eran bien distintos de las pisadas que solían caracterizar a Henry Jekyll, firmes, seguras, incluso se diría que más recias. Utterson suspiró.

–¿No ha oído nada más? –preguntó.

Poole asintió.

–Una vez –comenzó a decir–, ¡una vez le oí llorar!

–¿Llorar? ¿Cómo fue? –dijo el abogado, sintiendo un súbito escalofrío de horror.

–Lloraba con el lamento de un sufrimiento hondo, como un alma en pena llora por sus pecados –dijo el mayordomo–. Huí de allí con el corazón encogido y me entraron ganas de llorar a mí también.

Habían transcurrido los diez minutos. Poole desenterró el hacha de debajo de un montón de paja de embalar. Pusieron la vela sobre una mesa cercana para que iluminara toda la acometida y, conteniendo la respiración, se acercaron al lugar donde aquellos pasos obsesivos seguían arriba y abajo, abajo y arriba, en medio de la quietud de la noche.

–¡Jekyll! –gritó Utterson, con voz firme–, quiero verte.

Esperó unos instantes antes de recibir respuesta, pero el doctor no se pronunció.

–Te advierto que nuestras sospechas se van acrecentando por momentos. Tengo que verte y así lo haré –resumió en una frase–. ¡Si no es por las buenas, será por las malas; si no es con tu consentimiento, será por la fuerza!

–Utterson –dijo la voz–, ¡por el amor de Dios, ten piedad!

–¡Desde luego que no es la voz de Jekyll, es la de Hyde! –exclamó Utterson–. ¡Abajo con la puerta, Poole!

Poole blandió el hacha por encima de su cabeza. El golpe hizo que se removiera todo el edificio, era como un temblor repercutiendo con sus vibraciones en todo aquel espacio; la puerta se agitó con fuerza sobre el cerrojo y los goznes. Un patético alarido, de puro terror animal, resonó desde el interior del gabinete.

De nuevo, se alzó el hacha y otra vez se quebraron los tableros, haciendo rebotar el marco. Los golpes se sucedieron durante unos instantes más, pero la madera era resistente y los herrajes eran de excelente artesanía.

Finalmente, la puerta cedió, saltando el cerrojo en pedazos; los restos de la puerta cayeron sobre la alfombra.

Los mismos asaltantes estaban asustados por el barullo que ellos habían provocado para derribar la puerta, y era un enorme impacto el encontrarse con un silencio de mortificación a continuación. Así, retrocedieron unos pasos atrás y escudriñaron el interior. Se extendía ante sus ojos el gabinete iluminado por la tenue claridad de una lamparilla; un buen fuego ardía y crepitaba en la chimenea y una tetera entonaba su monótona cantinela. Había un par de cajones abiertos y algunos papeles ordenados con pulcritud dispuestos sobre la mesa de trabajo. Nadie podría sospechar en aquella habitación, tan cálida y hogareña, que se estaba gestando una tragedia. Parecía la habitación más tranquila de Londres, una habitación normal y corriente, de no ser por las vitrinas llenas de productos químicos.

Justo en el centro de la estancia yacía el cuerpo de un hombre fuertemente contraído por el dolor y sacudido por espasmos. Se acercaron a él de puntillas, lo observaron con detenimiento, y contemplaron el rostro de Edward Hyde. Vestía ropas excesivamente grandes para él, ropas de la talla del doctor. Los músculos de su rostro se movían aún con un último estertor de vida, pero la vida ya había abandonado su cuerpo. Por la botella que aferraba en su mano y el fuerte olor a almendras que flotaba en el aire, Utterson dedujo que estaba contemplando el cuerpo de un suicida.

–No hemos llegado a tiempo –dijo con gravedad–, independientemente de que ya sea para salvar o para ajusticiar. Hyde ha obrado por su cuenta, rindiendo cuentas de sus malas acciones. Es nuestro deber Poole, encontrar el cadáver del doctor.

La mayor parte de aquel edificio estaba ocupada por el quirófano, que cubría casi la totalidad de la planta baja y recibía luz desde el techo y por el gabinete, el cual formaba una pequeña planta superior en un extremo y tenía vistas al patio. El quirófano quedaba adherido mediante la puerta que daba al callejón a un pasillo, al que también podía accederse desde el gabinete por un segundo tramo de escalones. Había también varios cuartos oscuros y un sótano muy amplio. Todas y cada una de aquellas dependencias fueron examinadas con minuciosidad, aunque con una simple ojeada hubiera bastado, porque todas ellas estaban vacías y, a juzgar por el polvo acumulado en sus puertas, habían permanecido sin abrir desde hacía mucho tiempo. El sótano, además, estaba lleno de trastos viejos e inservibles, y la mayoría pertenecían al cirujano que había precedido a Jekyll; de inmediato se dieron cuenta de lo inútil que resultaba un registro con detenimiento, pues tan solo con abrir la puerta cayó al suelo una enorme telaraña que había sellado la entrada durante años. Por ninguna parte aparecía el menor rastro de Henry Jekyll, ni vivo ni muerto.

Poole supervisó las losas del suelo del pasillo; con leves golpecitos las fue reconociendo todas, una por una.

–Tiene que estar enterrado aquí –dijo, prestando toda su atención al sonido que se producía.

–También pudo huir –afirmó Utterson, que a continuación, se dirigió directamente para examinar la puerta del callejón.

Estaba cerrada; no muy lejos, sobre las losas, observaron un objeto metálico; eran las llaves completamente oxidadas.

–Parece que no han sido utilizadas desde hace tiempo –observó el abogado.

–¿Cómo? –dijo Poole–. ¿No se ha dado cuenta, señor, de que están rotas? Como si alguien lo hubiera hecho de forma intencionada.

–Sí, tienes razón –continuó Utterson–, y hasta los dientes de esta parte también se han oxidado.

Los dos hombres se miraron con estupor.

–Este misterio me supera, Poole –dijo el abogado–. Volvamos al gabinete.

Subieron la escalera en silencio y, sin dejar de lanzar de vez en cuando alguna temerosa mirada de reojo al cadáver, procedieron a examinar todos los rincones del gabinete. En una mesa yacían los restos de un experimento químico: varios montones de una especie de sal blanca dispuestos sobre platillos de cristal, como a punto para un experimento que el infeliz doctor no tuvo ocasión de realizar.

–Esta sustancia que queda aquí es la que yo acostumbraba a traer para sus experimentos –dijo Poole y, mientras hablaba de ello, el agua que hervía en la tetera se desbordó con un ruido sobrecogedor.

Al inclinarse a observar, dirigieron sus miradas a la chimenea, donde el sillón había sido confortablemente arrimado al fuego y el servicio de té estaba listo y a mano, incluso con el azúcar en la taza. Había diferentes tomos de medicina e innumerables libros de química en una estantería; otro quedó abierto y estaba colocado junto al servicio de té. Utterson estaba absorto y quedó sorprendido al reconocer una obra piadosa por la que Jekyll varias veces había expresado una gran estima, con anotaciones, de su puño y letra, que contenían terribles blasfemias.

Luego, en el curso de su revisión de la estancia, los dos llegaron ante un enorme espejo, hacia el que de forma involuntaria tornaron ambas miradas. Estaba inclinado de tal manera que solo les mostraba el resplandor rosado jugueteando en el techo, el centellear de las llamas en centenares de reflejos sobre los cristales de las vidrieras, y sus propios rostros reflejados ante ellos, pálidos y aterrorizados.

–Este espejo ha visto cosas muy extrañas, Mr. Utterson –susurró Poole.

–Y seguramente ninguna más extraña que él mismo –prosiguió el abogado, en el mismo tono–. ¿Para qué iba Jekyll...? –y se sobrecogió al pronunciar ese nombre, pero enseguida se sobrepuso y continuó–: ¿Qué utilidad tendría para Jekyll?

–¡Yo también me lo pregunto! –añadió Poole.

q–No acierto a vislumbrar nada, y la cabeza no me deja de dar vueltas –dijo–. Ese hombre ha estado aquí todos estos días aprovechándose de todo como amo y señor de la casa. No tenía ningún motivo para apreciarme; más bien, se habrá sentido furioso conmigo al verse desplazado. Y, sin embargo, no ha destruido este documento.

Cogió el siguiente documento. Se trataba de una breve nota escrita por el doctor, encabezada con una fecha.

–¡Poole! –exclamó el abogado–. Hoy mismo estaba vivo y estaba aquí. Su cuerpo no puede haber desaparecido en tan poco tiempo... ¡Puede que esté vivo, habrá podido huir! Y entonces... ¿Por qué huir? ¿Y cómo? Y en ese caso, ¿podemos adelantarnos a los acontecimientos y declarar que lo ocurrido ha sido un suicidio? Hemos de ir con mucha precaución y cautela, me temo que podríamos involucrar a su amo en un terrible desastre.

–¿Por qué no lee la nota, señor? –preguntó Poole.

–Porque tengo miedo –respondió el abogado, con tono grave–. ¡Dios quiera que sea injustificado! Y, dicho esto, fijó sus ojos en el papel y leyó lo siguiente:

Mi querido Utterson:

Cuando esta nota llegue a tus manos, yo ya habré desaparecido. Soy incapaz de predestinar bajo qué circunstancias; sin embargo mi instinto, mi intuición y, lamentablemente, mi inconfesable situación me dicen que el final es seguro y cercano. Adelante, pues. Me gustaría que pudieras leer el relato que Lanyon, según me advirtió, depositó en tus manos y, si quieres saber más, acude a la confesión de tu indigno y desgraciado amigo.

Henry Jekyll

–¿Y el tercer sobre? –preguntó Utterson.

–Aquí está, señor –contestó Poole, y le puso en las manos un grueso paquete bien lacrado.

El abogado se lo metió en el bolsillo.

–Yo no daría constancia de este documento por el momento. Independientemente de que el Dr. Jekyll haya escapado o, en el peor de los casos, haya fallecido, al menos podemos cuidar de su reputación. Ahora son las diez, me iré a casa y leeré con detenimiento estos documentos; estaré de vuelta antes de la medianoche, momento en el que, si no tiene nada que alegar, llamaremos a la policía.

Salieron del gabinete y a continuación cerraron la puerta del quirófano sin más preámbulos. Después de que Utterson dejara a la servidumbre reunida en torno al fuego del salón, caminó con tristeza de regreso a su oficina con el cometido de leer los dos relatos con los que aquel misterio quedaría finalmente esclarecido.

9

El relato del Dr. Lanyon

El 9 de enero, es decir, hoy hace cuatro días, recibí en el correo de la tarde un sobre certificado, cuyo remite indicaba la procedencia de mi amigo y viejo compañero de aventuras y de estudios, mi querido colega Henry Jekyll. Me quedé muy sorprendido, pues nuestra relación era lo suficientemente estrecha y espontánea como para prescindir del intercambio de correspondencia. Yo había estado con él ni más ni menos que la noche anterior, degustando una excelente cena, y no daba crédito a mis ojos con aquella especie de formalidad que suponía el envío de una carta certificada. El contenido, por otro lado, era doblemente sorprendente, y decía así:

Querido Lanyon:

Tú eres uno de mis más viejos amigos y, aunque es cierto que en ocasiones hemos tenido diferencias en cuanto a temas de cierta especificidad científica, por lo que respecta a nuestra amistad no recuerdo que jamás tuviéramos alguna pelea o alguna ruptura de nuestro trato tan cordial. Cualquier cosa que necesitaras de mí, yo hubiera respondido con absoluta entrega, y si tu vida, tu honor, y tu razón hubieran dependido de mí, ten por seguro que hubiera sacrificado mi fortuna o que hubiera hecho cualquier cosa por ayudarte. Lanyon, mi vida, mi honor, mi razón están a tu merced; si me fallas esta noche, estoy perdido. Después de esta introducción, supondrás que voy a pedirte algo deshonroso. Juzga tú mismo.

Necesito que te ausentes esta noche de cualquier compromiso que hayas contraído, incluso si te hubieran requerido a la cabecera de un emperador; necesito que tomes un coche, a menos que tengas tu carruaje a la puerta, y que, con esta carta en la mano para su consulta, te dirijas directamente a mi casa. Poole, mi mayordomo, ha recibido órdenes y está avisado de todo, y lo encontrarás esperando tu llegada con un cerrajero.

Tendréis que forzar la puerta de mi gabinete, pero, a la hora de entrar, tendrás que ser tú solo quien lo haga. Abre el armario marcado con la letra E, en el lado izquierdo, y no dudes en romper la cerradura si estuviera cerrado; a continuación, saca todo el contenido del cuarto cajón desde arriba, es decir, el tercero desde abajo. En mi actual estado de extrema confusión, estoy temeroso de darte de forma errónea las indicaciones, pero, incluso si me he equivocado, identificarás el cajón indicado porque guarda unos polvos, una botella y un cuaderno. Te ruego que te lleves ese cajón contigo a la plaza de Cavendish, exactamente tal y como está.

La primera parte del encargo será así concluida; en cuanto a la segunda, te la explico a continuación. Si sales de casa nada más recibir esta carta, estarás de vuelta mucho antes de la medianoche; no obstante, el margen de tiempo es bastante amplio, contando con que pudiera surgir alguna complicación. De todos modos, creo conveniente que regreses a medianoche porque es la mejor manera de encontrar a tu servicio doméstico retirado, pues la prudencia debe ser extrema. Cuando estés a medianoche completamente solo en tu sala de consulta, abrirás tú mismo la puerta de tu casa a un hombre que se presentará de mi parte, y le entregarás el cajón que te habrás llevado contigo de mi gabinete. Es lo único que te pido y, con todo, habrás concluido tu favor a mi persona, que con una gratitud infinita te honrará en mi conciencia. Después, si es que insistieras todavía en recibir una explicación, habrás comprendido que estas disposiciones eran de capital importancia y que el más mínimo descuido en cualquiera de ellas, por increíble que pudiera parecerte, acarrearía sobre tu conciencia el peso de mi muerte o la pérdida de mi razón.

Aunque tengo una absoluta confianza en que no vas a menospreciar este favor, ni a burlarte de mi petición, mi corazón se aflige y mi mano tiembla tan solo de pensar en tal posibilidad. Piensa por un momento en mi fatal situación, en un extraño lugar, víctima de una terrible desgracia que ni la fantasía más exagerada es capaz de concebir. Y, sin embargo, sé bien que, si atiendes punto por punto mi petición, mi sufrimiento finalizará como una leyenda más, un cuento narrado en la memoria de un personaje más. Atiende a mi petición, mi querido Lanyon, y sálvame.

Tu amigo,

H. J.

P. D.: Ya había cerrado el sobre cuando una nueva inquietud, arremetió contra mi alma y mi espíritu. ¿Y si falla el correo y esta carta no llegara a tus manos hasta mañana por la mañana? En ese caso, querido Lanyon, cumple mi encargo en el momento que creas más oportuno a lo largo del día; y vuelve a esperar a mi mensajero a la medianoche. Tal vez sea demasiado tarde, pero, en tal caso, sería la única solución; si algo ocurriera nunca volverás a ver a Henry Jekyll, el cual te profesa una enorme estima.

Tras la lectura de esta carta, llegué al convencimiento de que mi colega sufría de una grave perturbación mental; sin embargo, hasta que así se demostrara, me sentí en la obligación de hacer lo que me pedía. Al no entender ni una palabra de todo aquel laberinto en cuanto a peticiones poco razonables, era incapaz de tener un criterio firme en relación con sus propósitos, y juzgar su importancia. Lo único que tenía claro era que una súplica escrita en esos términos no se podía ignorar como si tal cosa, y accedí a colaborar ante los ruegos de mi amigo.

Como las mismas indicaciones señalaban, me levanté de la mesa y tomé un carruaje dirigiéndome directamente a casa del Dr. Jekyll. El mayordomo estaba esperando mi llegada. Había recibido, en el mismo reparto de correo que yo, una carta certificada con sus instrucciones, por lo que acto seguido había mandado llamar a un cerrajero y un carpintero. Los dos llegaron en el mismo instante en que nosotros todavía estábamos poniéndonos al corriente de los hechos y, cada uno por un lado, nos encaminamos al antiguo quirófano del Dr. Denman, que constituye el acceso más directo al gabinete privado de Jekyll. La puerta era muy sólida y la cerradura férrea. El carpintero nos advirtió que le iba a costar mucho y que haría un gran destrozo si tenía que utilizar la fuerza. El cerrajero parecía estar desesperado, pero no era un individuo precisamente torpe y, al cabo de dos horas de esfuerzo y de trabajo, la puerta cedió y pudo abrirse. La vitrina marcada con la letra E no estaba cerrada con llave. Saqué el cajón, acabé de rellenarlo de paja, lo envolví en una sábana y regresé con él a la plaza de Cavendish.

Y aquí pasé a examinar su contenido. Los polvos estaban bien recubiertos, aunque sin los cuidados precisos de un farmacéutico, así es que imaginé que habían sido preparados por el mismo Jekyll. Al abrir uno de los paquetitos, me encontré con lo que a mí me pareció una simple sal cristalina de un color blanquecino. La botella en la que después centré mi atención debía de estar medio llena de un líquido rojo como la sangre, de un olor fuerte y desagradable. Me pareció que contenía fósforo y un éter volátil. No pude reconocer el resto de los otros ingredientes. El cuaderno era bastante corriente y se sucedían una serie de fechas que cubrían un largo período de tiempo. Por otro lado, observé que las entradas habían cesado bruscamente hacía cosa de un año. Por todos los lados aparecía una breve anotación como glosa de una fecha; generalmente constaba de una única palabra, «doble», que aparecía tal vez seis veces en un total de varios centenares de entradas. En una ocasión, al principio de la lista y entre varios signos de exclamación, figuraban palabras como «¡¡¡fracaso absoluto!!!». Todo en su conjunto, si bien intensificó mi curiosidad, no me aclaró en ningún modo lo que me traía entre manos. Solo tenía una botella con determinada tintura, un sobrecito con cierta sal y la relación de una serie de experimentos que, como la mayoría de las investigaciones de Jekyll, no habían conducido a ningún fin de utilidad práctica. ¿Cómo podía influir la presencia de esos artilugios respecto del honor, la sensatez o la vida de mi alocado colega? Si su mensajero podía ir a un lugar, ¿por qué no había podido ir a otro? Y en todo caso, a pesar de la existencia de mi verdadero impedimento, ¿por qué tenía yo que recibir a aquel caballero en secreto? Cuanto más lo pensaba, más me convencía de que se trataba de un caso de enfermedad mental, y, si bien envié a mis sirvientes a dormir, no pude evitar tomar mis precauciones, cargando un viejo revólver para defenderme en caso de algún imprevisto.

Apenas habían acabado de dar las doce en los relojes de Londres cuando llamaron con suavidad a mi puerta. Abrí yo mismo la puerta, y me encontré con un hombre de ínfima estatura, agazapado entre las columnas del pórtico.

–¿Viene usted de parte del Dr. Jekyll? –le pregunté.

Me contestó que sí, con un ademán cohibido, y cuando le dije que entrara, no accedió hasta haber inspeccionado de reojo la oscura plaza. No muy lejos rondaba en los habituales paseos nocturnos un policía con la linterna encendida y tuve la impresión de que al presentir aquella vigilancia el hombre se asustó de tal manera que se apresuró a introducirse con prontitud en mi casa.

Debo de confesar que toda esa amalgama de detalles y casualidades me sorprendió bastante y, de forma ciertamente desagradable, me inquietaron. Tanto, que durante aquella visita mi mano no dejó ni un instante de estar en contacto con el arma que tenía preparada en caso de surgir contrariedades. Tuve ocasión de contemplar el conjunto de todo aquel extraño individuo. Y lo que más me impactó no fue únicamente el detalle de su escasa estatura, sino, además, la expresión de su rostro, su curiosa combinación de dinamismo muscular y debilidad aparente, y, por último, pero no menos destacado, la inquietud y el malestar interior que causaba su proximidad. Causaba algo semejante a un escalofrío provocado de forma visceral, y la sensación era tan inmediata como casi animal. En ese momento lo achaqué a un simple rechazo personal y únicamente me asombré por la agudeza de los síntomas. Ahora tengo razones de sobra para convencerme de que la causa radicaba en la misma naturaleza de aquel hombre y que respondía a un principio mucho más noble que el mero sentimiento del odio.

Ese tipo, que desde el momento de su entrada había despertado en mí lo que no puedo describir sino como una curiosidad llena de aversión, iba vestido de un modo tan burlesco que hubiera hecho reír a cualquier persona normal y corriente. Sus ropas, si así se pueden denominar, a pesar de su buena calidad y corte sobrio, eran desmesuradamente desproporcionadas y enormes para su estatura; los pantalones colgaban sobre sus piernas y los llevaba arremangados para no arrastrarlos por el suelo, la cintura de la chaqueta le quedaba por debajo de las caderas y las solapas caían sobre sus hombros. Por extraño que parezca, aquella ridícula indumentaria estuvo muy lejos de provocarme la risa. Por el contrario, su estúpido atuendo no era nada comparable a su deformidad intrínseca, una criatura que sobrecogía y repugnaba con su única presencia, y que parecía producto de una naturaleza diferente a la del ser humano. Así era; de tal manera que, a mi interés por la esencia y el carácter de aquel hombre, se añadió la curiosidad por su origen, su vida, su suerte y posición en el mundo.

Todas estas observaciones, que tanto tiempo y espacio me llevan aquí en ser descritas, pasaron por mi mente en una secuencia tan rápida como apenas unos segundos. Mi visitante parecía estar, efectivamente, abrumado bajo la presión de una excitación sombría.

–¿Lo tiene? –gimió–. ¿Lo tiene?

Y tan ansiosa era su impaciencia que hasta posó su mano sobre mi hombro y trató de sacudirlo.

Retrocedí, notando en su contacto una especie de punzada que me heló la sangre en las venas.

–¡Vamos, caballero! –le increpé–. Ha olvidado usted que todavía no tengo el placer de conocerle. Siéntese, por favor.

Y así intenté calmarlo, sentándome yo mismo en mi sillón habitual, actuando con las mismas buenas maneras que empleo ante un paciente, a pesar de lo avanzado de la hora, la naturaleza de mis preocupaciones y el horror que me inspiraba su presencia.

–Le ruego que me perdone, Dr. Lanyon –replicó con cortesía–. Tiene usted razón en lo que dice, pues mi impaciencia se ha impuesto a las normas de educación. He venido a instancias de su colega, el Dr. Henry Jekyll, por un asunto de crucial importancia, y tengo entendido que... –se interrumpió y se llevó una mano a la frente, con lo que pude entender que, a pesar de sus maneras sosegadas, luchaba contra la desaparición de sus cumplidos y el advenimiento de un ataque de ira contenido. Creo que hay cierto cajón...

Al llegar aquí, sentí compasión por la ansiedad de mi visitante y, en cierta forma, también cedí a mi propia y creciente curiosidad.

–Ahí está, señor –le dije, señalando el cajón que descansaba en el suelo detrás de una mesa, cubierto todavía con la sábana.

Se abalanzó sobre él, luego se detuvo y se llevó la mano al corazón. Escuché el rechinar de sus dientes con la convulsiva acción de sus mandíbulas y observé su semblante tan pálido y lívido, que temí tanto por su vida como por su razón.

–Cálmese –le dije.

Se volvió hacia mí con una siniestra sonrisa y, con desesperación, arrancó la sábana de un tirón. A la vista del contenido, profirió tan intenso sollozo de alivio que me quedé de piedra. Al momento, con una voz que ya estaba claramente bajo control, me preguntó:

–¿Tiene usted una probeta graduada?

Me levanté de mi asiento con algo de esfuerzo, dándole el utensilio que me pedía.

Me lo agradeció con una sonrisa de asentimiento, midió una mínima cantidad de la tintura roja y añadió una cierta cantidad de polvos. La mezcla, que tenía al principio un tinte rojizo, comenzó, a medida que los cristales se disolvían, a aclararse, a burbujear y a desprender pequeñas nubes de vapor.

De golpe, en un instante, la ebullición cesó en seco y el compuesto se fue volviendo de color púrpura oscuro, pero nuevamente se fue desvaneciendo hacia un verde acuoso. Aquel individuo, que había contemplando la metamorfosis del experimento con absoluta concentración, sonrió, dejó la probeta encima de la mesa y se volvió hacia mí con un aire escrutador.

–Y ahora –dijo–, para terminar este asunto, ¿tendría la amabilidad y el juicio justo para evitar todo interrogatorio? ¿Será capaz de aguantar que yo coja esa probeta en mi mano y me vaya de su casa sin más explicación? ¿O el peso de la curiosidad es demasiado grande para usted? Piénselo bien antes de contestar, porque se hará lo que usted decida. Según su voluntad, usted quedará exento de todo, no será ni más rico ni más pobre ni más sabio, a menos que el sentimiento del servicio prestado a un hombre en peligro de muerte pueda ser considerado como una riqueza de espíritu. O, si prefiere escoger lo contrario, un nuevo panorama de conocimiento y nuevos caminos hacia la suprema alma del raciocinio científico quedarán abiertos para usted, aquí, en esta habitación, en un instante; su vista quedará deslumbrada ante un prodigio tal que haría vacilar hasta al incrédulo Satanás.

–Señor –dije yo, aparentando una frialdad que estaba muy lejos de poseer verdaderamente–, usted habla con un lenguaje enigmático y quizá no se sorprenderá si le digo que lo escucho con cierta incredulidad. Pero he ido demasiado lejos en el camino de estos inexplicables servicios como para detenerme antes de ver el final.

–Está bien –respondió mi visitante–. Lanyon, recuerda tu juramento: lo que vas a presenciar debe ser un secreto profesional. Y, ahora, tú, que durante tanto tiempo has defendido un postulado ortodoxo, incrédulo, y estrecho de miras, tú que has negado las virtudes de la medicina trascendental, tú que te has burlado de los que te superaban..., ¡mira!

Se llevó el vaso a los labios y bebió su contenido de un trago. Después gritó, se tambaleó, se aferró a la mesa y se quedó allí, mirándome fijamente con los ojos desorbitados, inyectados de sangre, respirando entrecortadamente con la boca abierta. Y mientras contemplaba el sórdido espectáculo, se gestó en él una transformación..., como si se hinchara..., su rostro se oscureció de repente y sus rasgos parecieron fundirse y alterarse... Un momento después me incorporé como impulsado por un agravio a mi conciencia, una terrorífica sensación que me hizo retroceder hasta un rincón, tapándome la cara con mi brazo para protegerme de aquel prodigio y con mi mente sumergida en el terror.

–¡Dios mío! ¡Dios mío! –grité una y otra vez, porque, allí, ante mis ojos, pálido y tembloroso, casi medio desmayado y avanzando a tientas como un hombre rescatado de la muerte, ¡se encontraba Henry Jekyll!

Soy incapaz de escribir lo que me contó a lo largo de la hora siguiente. Vi lo que vi, oí lo que oí y mi espíritu quedó conmocionado por ello. Todavía ahora, cuando aquella visión es casi ya parte de mi memoria, me pregunto a mí mismo si realmente lo he visto, si fue un sueño, y apenas puedo contestar. Mi vida se ha conmovido hasta sus cimientos, no he vuelto a conciliar el sueño, y un terror mortal me acompaña a todas horas, día y noche. Creo que mis días están contados y siento que debo morir, y, todavía así, moriré incrédulo. Por lo que respecta a la depravación ética y moral que aquel hombre me reveló, incluso con lágrimas de arrepentimiento, no puedo recordarla sin estremecerme de horror. No diré sino una sola cosa, Utterson, y si llegas a creerlo, será suficiente. Aquel tipo tan raro que visitó mi casa aquella noche, según la propia declaración de Jekyll, era Hyde, el hombre más perseguido por la justicia de toda la tierra, el hombre responsable del asesinato de Carew.

Hastie Lanyon

10
La confesión de Henry Jekyll

Nací en el año 18…, heredero de una gran fortuna y con la virtud, además, de poseer excelentes facultades; entre ellas, el apego al trabajo y mi respeto por el conocimiento, lo cual fue esencial para mi disfrute y respeto entre los más sabios y distinguidos personajes. Por tales cuestiones, todo pronosticaba un respetable porvenir y un excelente futuro, y yo era una persona privilegiada en ese aspecto y con las mayores garantías para tal empeño. Según las personas más allegadas a mí, mi peor defecto consistía en mi constante disposición al temperamento alegre y mi incipiente inquietud por lo desconocido, mas, si así lo consideraban unos, para otros sería la felicidad y la virtud más preciada. Lo cierto es que nunca encontré consenso entre ese desafío constante por conocer, esa predisposición a los placeres de la vida y, al mismo tiempo, hacer lo posible por cumplir mis aspiraciones, que no eran pocas ni escasas. En el instante en que yo pude concienciarme de mi propio progreso y mi posición en el mundo, me afané por ocultar mis placeres y goces privados, sin renunciar por ello a una doble vida. Muchos hombres se habrían vanagloriado incluso de cometer las irregularidades que a mí me hacían sentir culpable, pero dadas mis aspiraciones, mi estatus y las elevadas pretensiones que me había impuesto, yo las ocultaba con una sensación de vergüenza algo morbosa. Así que fueron, en definitiva, mis propias exigencias, más que la gravedad de mis faltas, las que me hicieron ser así, segmentando en mi persona, con más intensidad que en cualquier otro ser humano, esas dos partes tan contradictorias del bien y del mal que dividen y componen la naturaleza dual del hombre. Por lo que a mí respecta, tuve intención de analizar con ahínco y decisión sobre esta dura ley de la vida que penetra sus dogmas como raíces en la ética y en la religión, y que constituye, por condición innata y tradición milenaria, una fuente inagotable de dolor y sufrimiento. Sin embargo, a pesar de comprender la polaridad de mi personalidad, no creo que me inclinase a convertirme en un cínico y un hipócrita. La dualidad en la que vivía, las dos caras de mi persona, eran tan reales como la vida misma. Lo mismo me desataba sin frenos ni principios en la vergüenza, que me imbuía en el duro trabajo del estudio en aras del progreso de la ciencia o en el alivio de las penas y los sufrimientos. Y sucedió que la trayectoria de mis estudios científicos, orientados por una extraña razón hacia lo místico y lo trascendente, me condujo por los derroteros de intentar esclarecer las dos mitades de mi ser, de las que yo mismo era consciente, y no pude evitar, mediante el sendero de mi profesión, poner en tela de juicio mis cuestiones internas. Y así, día a día, paso a paso, desde los dos polos de mi intelecto, el moral y el intelectual, me iba acercando cada vez con más intensidad a esa verdad que me ha conducido, por falta de resolución, a una condena infinita y catastrófica. Como consecuencia, debo afirmar que el hombre no es sino dos partes antagónicas y contradictorias que luchan entre sí dentro de uno mismo; ahí acaba mi experimento. Otros me seguirán, otros me dejarán atrás en estas mismas líneas del conocimiento, e incluso me atrevería a predecir que el ser humano será finalmente considerado como una mera comunidad de múltiples personalidades independientes. Por mi parte, dada la naturaleza de mi vida, no vacilé en conducirme a una dirección concreta y así actúe, en esa línea. Fue en el terreno de lo moral y en mi propia personalidad donde aprendí a reconocer la completa y primitiva dualidad del hombre. Observé que, sobre las dos naturalezas, en un estado constante de una interminable contienda, bien se podía reconocer a una y a otra conciencia. Se debía a que yo era radicalmente dos seres, dos conciencias, dos partes. Desde hacía tiempo, antes incluso de que el curso de mis descubrimientos científicos se doblegaran en un logro científico, me había acostumbrado a abrigar con placer, como una quimera largamente acariciada, la idea de la separación de estos elementos. Si cada uno de ellos, y así me autocomplacía, pudiera alojarse en identidades separadas, la vida se vería mucho más despojada de todo aquello que resultaba insoportable. El injusto podría dirigirse por su camino, liberado de las aspiraciones y los remordimientos de su rectísimo gemelo. El justo podría superarse sin ningún impedimento, por la vía firme y decidida del curso de la perfección, gozando de la gratitud de buenas obras y sin estar expuesto a la desgracia y la penitencia que pudiera sobrevenirle de manos de ese demonio ajeno a él. La maldición de la humanidad respondía a esos dos haces antagónicos unidos en una única persona, sujetos a la desgracia de someterse a una continua lucha en el origen atormentado de la conciencia. Así pues, ¿cómo conseguir que se disociaran?

Hasta aquí había llegado en mis reflexiones cuando, como he dicho, un rayo de luz comenzó a aclararme todas estas cuestiones desde mi despacho en el laboratorio. Mi percepción era incipiente, pero comencé a vislumbrar con profundidad, más de lo que nunca hubiera imaginado, la palpitante inmaterialidad, la efímera inconsistencia de este cuerpo, aparentemente tan sólido cuando se observa superficialmente. Descubrí que ciertos agentes tenían el poder de agitar y arrancar esa superficialidad de la carne, del mismo modo que el viento zarandea las cortinas de un pabellón. No voy a profundizar en el aspecto científico de mi confesión por dos motivos concluyentes. El primero, porque he comprendido que cada uno debe acarrear con el destino y el peso de su propia vida y que, cuando intentamos despojarnos de esa responsabilidad, vuelve a recaer sobre nosotros con una presión todavía más aguda e insoportable. El segundo, porque, tal y como mi relato irá demostrando, con absoluta evidencia, mis descubrimientos quedaron incompletos. Así pues, resumiendo, puedo afirmar que no únicamente fui capaz de averiguar que la naturaleza de mi cuerpo dependía del aura y la emanación de ciertas fuerzas del espíritu, sino que también fui capaz de fabricar una pócima por medio de la cual tales fuerzas serían destronadas de su supremacía y sustituidas por una segunda forma de constitución no menos natural para mí, ya que sería la expresión de los más bajos instintos de mi espíritu y llevarían su sello.

Por supuesto, antes de llevar esta teoría a la comprobación empírica y a la praxis, dudé mucho en precipitarme en tales experimentaciones. Era obvio que ponía en tela de juicio muchas cosas, incluso que arriesgaba mi vida; cualquier sobredosis, cualquier error en la administración de tal sustancia y, en definitiva, cualquier descuido, podría destruir enteramente el tabernáculo inmaterial que yo pretendía alterar. Sin embargo, la tentación de llevar a cabo un descubrimiento tan peculiar y emblemático, que no era sino rasgar en lo profundo del ser humano, fue finalmente más fuerte que mis propios temores.

Hacía ya tiempo que tenía la tintura preparada. Adquirí por fin, en una casa farmacéutica de venta al por mayor, gran cantidad de una determinada sal que, teniendo en cuenta mis experimentos precedentes, sabía que era el último ingrediente requerido, y una maldita noche, a una hora tardía, mezclé todos los elementos necesarios en una probeta y, al terminar la ebullición, haciendo acopio de todo mi coraje, apuré la poción.

En principio, sentí unos espasmos de gran dolor y verdaderamente desgarradores; los huesos se retorcían, y unas náuseas mortales se apoderaron de mi organismo, que no se sabía si nacía o moría. Después, esta angustia empezó a remitir y volví en mí como si saliera de una grave enfermedad. Noté algo extraño, así como sentía raras impresiones; era algo difícil de descubrir, algo nuevo y, por esa razón, era sensación igualmente dulce, como si renaciera. Me sentía más joven, ágil y feliz físicamente. En mi interior era consciente de mi temeridad; una corriente de caóticas imágenes sensuales corría por mi imaginación como por el canal de un molino y las cadenas del sentido del deber se sustituyeron pronto por una desconocida, aunque nada inocente, libertad de espíritu.

Desde el primer aliento de esta nueva vida observé que era más perverso, mucho más perverso, vendido como esclavo a mi maldad casi congénita, y en aquellos momentos este pensamiento me animó y deleitó como un vino añejo. Estiré los brazos exultante por estas sensaciones y entonces advertí que mi estatura era más corta y los miembros se me habían encogido.

En aquellos tiempos no había ningún espejo en mi gabinete; y, de hecho, el que tengo a mi lado en este momento lo adquirí más tarde, con la mente puesta en estas transformaciones. La noche, sin embargo, se había convertido rápidamente en madrugada (la madrugada, todavía oscura, estaba a punto de dar paso a la luz del día); los moradores de mi casa estaban sumidos en su sueño más profundo, así que decidí, radiante como estaba de esperanza y triunfo, aventurarme con mi nuevo aspecto hasta mi dormitorio. Al cruzar el patio, los únicos testigos de esta increíble transformación eran el cielo y las constelaciones que contemplaban maravilladas esta criatura en su incipiente renacer, el nacimiento de un ser fatal. Me escabullí por los pasillos sintiéndome un extraño en mi propia casa y, al llegar a mi habitación, pude observar por vez primera el aspecto de Edward Hyde.

Ahora debo hablar teniendo en cuenta la teoría, explicando no aquello que sé, sino lo que supongo. El lado maligno de mi naturaleza, al que acababa de dotar de autonomía, era menos robusto y estaba menos desarrollado que el lado benigno que acababa de abandonar. No me sorprendía, sino que me pareció lógico, puesto que en el curso de mi vida, que había sido en sus nueve décimas partes una vida de esfuerzo, virtud y autocontrol, el lado maligno había sido mucho menos ejercitado y mucho menos desgastado. Por tanto, pensé, Edward Hyde era bastante más pequeño, más ágil y más joven que Henry Jekyll. Del mismo modo que el bien brillaba en el semblante de uno, el mal estaba escrito de manera clara y concisa en la cara del otro. Además ese mal (que, según hoy creo, es la parte mortal del hombre) había dejado en ese cuerpo una huella de deformidad y franca decadencia. Pero cuando contemplé la fealdad de aquel ídolo en el espejo, no sentí repugnancia, sino más bien un impulso de bienvenida, porque ni más ni menos, se trataba de la otra parte de mi persona. No me pareció sobrenatural, sino todo lo contrario, una parte natural de mi propio ser. La otra parte de mi alma era más expresiva y sencilla que aquella otra imperfecta y dividida que hasta entonces yo había sido. Y hasta aquí es indudable que estaba en lo cierto. Observé que, con la apariencia de Edward Hyde, nadie podía acercarse a mí sin un claro estremecimiento. Supuse que era porque todos los seres humanos con los que nos topamos son una mezcla del bien y del mal, y, sin embargo, Edward Hyde, único entre los seres humanos, era la pura maldad.

Permanecí apenas un momento ante el espejo, porque todavía tenía que intentar el segundo y definitivo experimento; quedaba por descubrir si había perdido mi identidad definitivamente y debía huir antes de que se hiciera de día de una casa que ya no sería mía. Y así me apresuré a volver a mi gabinete. Otra vez preparé y bebí de la probeta y, de nuevo, volví a sufrir los espasmos de dolor que concluían al cabo de un rato en el retroceso a mi estado anterior, apareciendo de nuevo el cuerpo y el rostro de Henry Jekyll.

Aquella noche alcancé la fatal encrucijada. Si hubiera afrontado mi descubrimiento con un espíritu más digno y noble, si me hubiera arriesgado a llevar a cabo el experimento bajo el impulso de aspiraciones generosas y piadosas, todo habría sido distinto, y de estas agonías de muerte y nacimiento yo habría renacido como un ángel y no como un demonio. La acción de la pócima no hacía discriminaciones, no era diabólica ni divina, únicamente abría las puertas de una cárcel y el cautivo, como es lógico, se preparaba para escapar. Por aquel entonces, estaba completamente exento de virtudes bondadosas, y mi maldad se mantenía despierta por la ambición, alerta, y no dejó pasar la menor ocasión. Lo que salió a la superficie fue Edward Hyde. De ahí que, si bien yo tenía ahora dos caracteres a la par que dos apariencias, uno era la completa personificación del mal y el otro era todavía el viejo Henry Jekyll, ese complejo ser que ya no podía ser cambiado. Así pues, la balanza se inclinó hacia lo peor.

Por aquel entonces, no había podido superar mi aversión hacia la rutina y aburrida vida dedicada únicamente al estudio. Todavía sentía enorme atracción por la diversión; sin embargo, mis placeres eran, como mínimo, indignos, y no era esa condición muy apropiada para un hombre altamente considerado y de una edad determinada, dentro de la respetabilidad de la vejez. Así que esa incoherencia en mi vida era, cuando menos, inoportuna. Por otro lado, el nuevo poder que me otorgaba mi descubrimiento, finalmente, se convirtió en esclavitud. No tenía más que beber de la probeta para deponer al eminente profesor, y ponerme, como un grueso manto, el cuerpo de Edward Hyde. Aquella idea me hizo sonreír, incluso me pareció divertida, e hice los preparativos con muchísimo cuidado. Alquilé una casa en el Soho y la amueblé (la casa en la que la policía siguió el rastro de Hyde). Tomé como ama de llaves a una mujer que, según sabía, era discreta y sin escrúpulos. Por otra parte, comuniqué a mis sirvientes que un tal Mr. Hyde (al que tuve que descubrir) tendría plena libertad y plenos poderes en mi casa de la plaza y, para evitar contratiempos, incluso la visité con asiduidad bajo mi segunda apariencia, hasta que mi actitud y las circunstancias se hicieron cotidianos en mi casa. Después redacté aquel testamento al que tú pusiste tantas objeciones, de modo que, si algo pasaba con mi personalidad de Dr. Jekyll, pudiera refugiarme en la de Edward Hyde sin pérdida pecuniaria alguna. Y, así, bien protegido en todos los sentidos, como creía estar, comencé a sacar provecho de la extraña inmunidad de mi situación.

Había personas que contrataban a malhechores para cometer crímenes, mientras su persona y su reputación quedaban intactas en el anonimato. Yo fui el primero que podía hacerlo por puro placer. Fui el primero que podía pasearse a la vista del público con un aire de afable respetabilidad y, un instante después, como un loco adolescente, abandonar esa seria compostura y tirarme de cabeza al mar del libertinaje. Pero, para mí, bajo mi manto impenetrable, la seguridad era absoluta. Piensa en ello… ¡Ni siquiera existía! Lo único que tenía que hacer para que Edward Hyde desapareciera era traspasar el umbral de mi laboratorio, elaborar la mezcla y beber de la poción que siempre tenía a punto; y, fuera lo que fuera lo que él hubiera hecho, Edward Hyde desaparecía como la sombra de aliento sobre un espejo. Y, allá, en su lugar, sentado tranquilamente en casa, graduando la luz de la lamparilla de noche de su gabinete, estaría Henry Jekyll, un hombre respetable, por encima de cualquier sospecha.

Los placeres que solía buscarme, como ya he dicho, eran indignos; difícilmente podría usar una palabra más exacta y, lo que es peor, un término más duro. Sin embargo, encerrado en la personalidad de Hyde, pronto comenzaron a convertirse en monstruosos. Cuando regresaba de aquellas excursiones, me quedaba absorto ante mi perversa depravación. Ese pariente que yo había sacado de mi propia alma y que había enviado a la búsqueda de los placeres de la vida era un ser que de forma innata era malvado y vil. Todos sus actos y pensamientos estaban centrados en mi propio egoísmo, y saboreaba con horrible avidez el placer de torturar al ajeno, sin sentir por ello una mala conciencia. Henry Jekyll se quedaba horrorizado ante los actos de Hyde, pero como la situación escapaba de las leyes comunes, de forma malintencionada, fue relajando su conciencia. Después de todo, el culpable era Hyde y solo Hyde. Jekyll no era peor que antes, él volvía a despertarse con sus cualidades aparentemente incólumes y, siempre que era posible, incluso se precipitaba a reparar el mal causado por Hyde. De esa forma, lograba apaciguar su conciencia.

No tengo intención de entrar en los detalles de las infamias en las que colaboré de un modo u otro, y todavía hoy por hoy me resisto a reconocer que las haya cometido yo. Únicamente deseo exponer los avisos y los sucesivos pasos con los que mi castigo se iba aproximando. Un día fui víctima de un accidente que, aunque no conllevó ninguna consecuencia, debo mencionarlo. Un acto de crueldad hacia una criatura desató contra mí la rabia de un transeúnte que el otro día reconocí en ese pariente tuyo. El médico y la familia de la criatura se fusionaron en esa conspiración y hubo momentos en que temí por mi vida. Al final, para calmar su más justo resentimiento, Edward Hyde tuvo que llevarles hasta la puerta de su casa y pagarles con un cheque firmado con el nombre de Henry Jekyll. Aquel riesgo fue fácilmente disimulado para el futuro abriendo una cuenta en otro banco a nombre del mismo Edward Hyde; cuando, una vez corregida la inclinación de mi propia caligrafía, proveí a mi doble de una firma, creí que me hallaba fuera del alcance del destino.

Unos dos meses antes del asesinato de sir Danvers, salí a una de mis aventuras y no volví a casa hasta muy tarde. Al día siguiente, me desperté con una sensación extrañísima. De nada sirvió mirar a mi alrededor, ver el noble mobiliario y las elevadas dimensiones de mi habitación; de nada me sirvió reconocer el dibujo de las cortinas y la talla de caoba del dosel de mi lecho. Tenía la certeza de no estar donde estaba, de haberme despertado en otro lugar, en la modesta habitación del Soho en la que solía dormir bajo la apariencia de Edward Hyde. Esbocé una sonrisa y atendiendo a un metódico análisis psicológico, empecé a estudiar paulatinamente los elementos de esa ilusión, lo que no me impidió volver a caer, ocasionalmente, mientras lo hacía, en un confortable sopor matinal. Seguía ocupado en este menester cuando, en ese estado de somnolencia, mi mirada fue a parar sobre mi mano. Las manos de Henry Jekyll, como en ocasiones has descrito, eran las de un profesional de la medicina en forma y tamaño: grandes, firmes, blancas y bien proporcionadas. Pero la mano que ahora observaba en aquella clara mañana londinense, descansando entornada sobre la colcha, era delgada y nervuda, sarmentosa y de una palidez cenicienta, oscurecida por un vello negro y espeso. Era la mano de Edward Hyde.

Me quedé mirándola fijamente cerca de medio minuto, sumido en lo absurdo de mi asombro, antes de que despertara en mi ser un terror tan repentino y desconcertante como un golpe de platillos. Salté de la cama y me precipité al espejo. Ante lo que vieron mis ojos, mi sangre se heló. Sí, me había acostado como Henry Jekyll y me había despertado como Edward Hyde. ¿Cómo explicar lo ocurrido?, me pregunté a mí mismo. Y luego, con otro sobresalto de terror: ¿cómo ponerle remedio?

Era ya bien entrada la mañana, los sirvientes estaban levantados y mis medicamentos estaban en el gabinete... El recorrido era excesivamente largo para pasar desapercibido, y tuve una sensación de pánico. Debía descender las escaleras y atravesar el pasillo trasero, cruzar el patio hasta llegar al quirófano. Hubiera podido cubrirme el rostro, pero ¿de qué me habría servido, si no era capaz de disimular la alteración de mi estatura? y entonces, con una arrolladora sensación de alivio, caí en la cuenta de que los sirvientes estaban acostumbrados ya a las idas y venidas de Mr. Hyde. Me vestí rápidamente y lo mejor que pude, con ropa de mi talla; atravesé la casa a toda velocidad, y por el camino tropecé con Bradshaw, que me miró atónito y retrocedió al ver a Mr. Hyde tan temprano y con aquel extraño atavío. Diez minutos más tarde, el Dr. Jekyll había recuperado su forma habitual y se hallaba sentado a la mesa, con el ceño fruncido, para simular que tomaba su desayuno.

No tenía mucho apetito, como es natural. Aquel inexplicable incidente, que no era sino la inversión del experimento, un proceso retroactivo, apareció ante mi entendimiento como una advertencia de lo que se desencadenaría después. Tuve pues, que reflexionar seriamente sobre las consecuencias y posibilidades de mi doble existencia. Esa parte de mí mismo que yo tenía el poder de proyectar al exterior había sido excesivamente ejercitada en los últimos tiempos. Me daba la sensación de que el cuerpo de Edward Hyde había crecido en estatura, como si mi sangre fluyese más generosamente cuando me hallaba bajo su apariencia. Y comencé a vislumbrar el peligro que se avecinaba si abusaba del experimento: terminaría por quebrar el equilibrio de mi naturaleza hasta que, definitivamente, mi doble personalidad terminaría por inclinarse de forma irrevocable hacia la de Edward Hyde.

El poder de la poción no siempre se había manifestado por igual. Incluso en un intento, al inicio de mis experimentos, había fallado totalmente. Desde entonces me había visto obligado, en más de una ocasión, a duplicar la dosis e incluso una vez, con infinito riesgo para mi vida, a triplicar la cantidad. Y esas incertidumbres ocasionales habían constituido hasta entonces las únicas sombras proyectadas sobre mi éxito. Ahora, sin embargo, a la luz del incidente de aquella mañana, no tenía más remedio que reconocer que, si bien al principio la dificultad había consistido en despojarse del cuerpo de Jekyll, en los últimos tiempos la dificultad había pasado a ser, de manera paulatina pero decidida, a la inversa. Así pues, todo parecía apuntar a que poco a poco iba perdiendo el dominio de mi yo original para ir convirtiéndome poco a poco en el segundo y malvado yo que había incorporado.

La elección era evidente, y tenía que escoger entre uno de los dos. Las dos personalidades tenían en común la memoria, pero las otras facultades quedaban repartidas de forma desigual. Jekyll planeaba y compartía, a veces con aprensión, y a veces con placer, los placeres y aventuras de Hyde; pero Hyde era indiferente a Jekyll y, como los peores ladrones, únicamente lo tenía presente cuando le convenía para sus propósitos. Jekyll manifestaba más interés que un padre; Hyde se mostraba más indiferente que un hijo. Escoger a Jekyll significaba terminar con aquellos menesteres de los que, a lo largo de mi vida, gozaba en secreto y que, últimamente, representaban un deleite sin dar cuentas a nadie. Escoger a Hyde significaba matar miles de intereses y aspiraciones y verme, de golpe y para siempre, despreciado y sin amigos.

La opción era desde luego desigual, pero había aún otra consideración, porque mientras Jekyll sufriría consumiéndose en las llamas de la abstinencia, Hyde ni siquiera sería consciente de lo que había perdido. Por extrañas que pudieran ser mis circunstancias, los términos de este eterno debate eran tan viejos y tan comunes como el mismo ser humano: los alicientes y los temores deciden la suerte de cualquier pecador, atraído por la tentación y estremecido por el miedo. Y yo, como cualquier otro, escogí la parte buena, pero me encontré sin la voluntad necesaria para mantenerme en mi posición.

Sí, decidí ser el doctor descontento y maduro, rodeado de amigos y que abrigaba honestas esperanzas; y, hecha mi elección, dije adiós a la libertad, a la relativa juventud, a la ligereza, a los impulsos y a los placeres ocultos que había disfrutado bajo el disfraz de Hyde. Tal vez me decidí por esta elección con muchas reservas de las que no era consciente, porque, a pesar de todo, ahí continuó la casa del Soho, y no destruí las ropas de Edward Hyde, que todavía siguen colgadas en mi armario. Durante dos meses me mantuve firme; llevé una vida de tanta austeridad como nunca antes había alcanzado y disfruté al contar con la aprobación de mi conciencia. Pero el tiempo restó importancia a mis temores, los elogios de mi conciencia empezaron a convertirse en algo habitual y empecé a verme torturado por deseos y anhelos, como si dentro de mí Hyde estuviera luchando por recobrar su libertad. Finalmente, en un momento de debilidad moral, preparé y volví a beber la pócima transformadora.

No creo que un borracho o un drogadicto, cuando se debate en el uso de sus vicios, sea totalmente consciente de los peligros que entraña cuando es arrastrado por su debilidad física. Tampoco yo había tenido en cuenta, por mucho que hubiese reflexionado sobre mi situación, la insensibilidad moral y la insensata propensión al mal que eran las principales características de Edward Hyde. Precisamente por ellas me llegó el castigo. El demonio que yacía en mi interior había permanecido en cautiverio demasiado tiempo, y cuando salió de su prisión lo hizo de forma precipitada y rugiendo. Cuando terminé de beber la pócima, advertí una mayor predisposición a lo maligno, la sensación era más violenta. Tuvo que ser esto lo que alimentó la cólera y la impaciencia con la cual escuché las serenas palabras de mi desgraciada víctima. Confieso aquí, ante Dios, que ningún hombre moralmente sano habría cometido crimen semejante por tan pequeña provocación y que asesté aquellos golpes sin más razón que la que pueda tener un niño enfermo para romper un juguete. Pero en aquel momento prescindí voluntariamente de los instintos de equilibrio, y el mal había triunfado tanto que no dudé ni un instante en dejarme llevar por aquel instinto tan intenso, la tentación malévola más aguda desde mi primera transformación.

Inmediatamente, las llamas del infierno se apoderaron de mí con furor y cólera. Mientras descargaba los golpes sobre aquel cuerpo indefenso, me sentía lleno de gozo, deleitándome en el placer de cada golpe. Y solo cuando empecé a notar la fatiga, en la cúspide de mi delirio, mi corazón fue sacudido por un escalofrío de terror. La niebla se disipaba y fui consciente de que mi vida estaba en peligro, así que no dudé en huir tan rápidamente como pude de aquel desorbitado escenario. Me había afanado tanto en gozar del mal que mi sed estaba satisfecha, ahora me aferraba a la vida con más ahínco. Me apresuré hasta la casa del Soho y, con el fin de protegerme, destruí mis papeles. Entonces volví a salir a las calles iluminadas por la luz de las farolas, con la misma sensación de éxtasis escindido en mi ánimo: recreándome en mi crimen y planeando otros semejantes para el futuro, a la par que apresuraba el paso y aguzaba el oído ante la posibilidad de alguna amenaza. Hyde tarareaba una canción mientras preparaba la pócima y, al bebérsela, brindó por el hombre que había matado.

Aún no habían desaparecido los espasmos de la transformación cuando Henry Jekyll, con lágrimas de remordimiento y en su alma, cayó de rodillas y elevó sus manos entrelazadas en actitud implorante hacia Dios. El velo con que me disculpaba a mí mismo se había rasgado de cuajo. Divisé toda mi vida: desde los días de mi infancia, cuando caminaba de la mano de mi padre, pasando por los trabajos y sacrificios de mi carrera profesional, hasta llegar, una y otra vez, con la misma sensación de irrealidad, a los espantosos horrores de aquel anochecer. Me hubiera gustado gritar con todas mis fuerzas para borrar por un instante, con lágrimas en los ojos y dolor en mi espíritu, la horrible pesadilla del asesinato. Y en medio de las súplicas, el horrible rostro de mi maldad seguía asomándose desde el fondo de mi espíritu. Pero a medida que mis agudos remordimientos decrecían, apareció una sensación de gozo. El problema de mi conducta estaba resuelto. Desde ese momento, Hyde dejaba de existir; tanto si yo quería como si no, quedaría confinado a la parte buena de mi existencia y ¡cómo me alegré al pensarlo!, ¡con qué anhelante humildad me ceñí de nuevo a las restricciones de mi vida anterior!, ¡con qué sincera renuncia cerré la puerta por la que tantas veces saliera y entrara, y aplasté la llave bajo mis pies!

Al día siguiente me llegó la noticia de que el crimen había sido presenciado por alguien, que la culpabilidad de Hyde era evidente ante todo el mundo y que la víctima era un hombre de gran estimación pública. No era únicamente un crimen, sino una trágica locura. Creo que me alegré al saberlo, creo que me alegré de ver que mis buenos impulsos quedarían así afianzados y protegidos por el miedo a la horca. Jekyll era ahora mi refugio. Si Hyde hubiera aparecido un solo instante, todas las manos se hubieran alzado contra él para apresarlo y acabar con su vida.

Decidí redimir mi pecado con mi conducta futura, y puedo decir, con honestidad, que mi decisión se ratificó en algunas buenas obras. Tú mismo sabes de la forma tan decidida que trabajé durante los últimos meses del último año para aliviar el sufrimiento del prójimo, tú sabes que hice cuanto pude por los demás, sintiéndome extensivamente feliz ante tanta benevolencia y pruebas de bondad. No puedo decir verdaderamente que esa vida caritativa e inocente me cansara, al contrario, creo que disfrutaba completamente de ella cada día; pero seguía condenado a mi dualidad de propósitos y, tan pronto como pasó el primer impulso de mi penitencia, el lado más mezquino de mis instintos, tanto tiempo complacidos y tan recientemente encadenados, empezó a gruñir pidiendo licencia. No es que soñara con resucitar a Hyde, la sola idea me ponía frenético. No, fue en mi propia persona donde sufrí otra vez la tentación de jugar con mi conciencia. Y fue como un pecador normal y corriente, y en secreto, como al fin caí en los asaltos de la tentación.

Todo tiene su fin. Hasta el recipiente más grande acaba llenándose. Y esa breve transigencia con mi maligna inclinación finalmente destruyó el equilibrio de mi espíritu. Sin embargo, yo no estaba alarmado, la caída me parecía natural, como un retorno a los viejos tiempos, antes de mi descubrimiento.

Era un claro y despejado día de enero, la escarcha se había deshecho, y a pesar de la humedad, no había ni una nube en el cielo. En el parque Regent se oían los armoniosos y sugerentes gorjeos invernales de los pájaros, gratificando y endulzando el ambiente como un canto primaveral. Me senté en un banco al sol. El animal que albergaba mi interior se hacía notar por mis constantes regustos de placer. El lado espiritual, un poco adormecido, prometía cumplir la penitencia, pero no se animaba todavía a comenzar. Después de todo, me dije, era un hombre como los demás, y entonces sonreí, comparándome a mí mismo con los otros hombres, comparando mi bondad presente con la perezosa crueldad de su negligencia. Y mientras me entretenía con alejadas reflexiones en mi entorno mundanal, de súbito me sentí desfallecer, me sentí aquejado de una horrible náusea y de mortales convulsiones. Los síntomas pasaron, pero me dejaron exhausto, y cuando, a su vez, aquel cansancio remitió, me percaté de que se había operado un cambio en el carácter de mis pensamientos, que sentía una mayor audacia, un desprecio hacia el peligro, una relajación hacia mis obligaciones. Miré hacia abajo: las ropas colgaban sobre mis miembros encogidos y la mano que reposaba sobre mi rodilla era sarmentosa y peluda. Otra vez era Edward Hyde. Instantes anteriores, bien estaba seguro del respeto de la sociedad, era un hombre rico y estimado, la mesa me esperaba dispuesta en el comedor de mi casa. Y, sin embargo, de repente, me había convertido en la escoria de la humanidad, perseguido, sin refugio, un conocido asesino, carne de patíbulo.

Mi razón vacilaba, pero no me abandonó del todo. Como ya he apuntado en varias ocasiones, en mi segunda personalidad, mis facultades parecían agudizarse hasta el extremo y mi ánimo se volvía más tenso y elástico. Y así fue como, donde Jekyll habría sucumbido, Hyde se elevó a la altura de las circunstancias. Las sustancias de mi poción estaban guardadas en uno de los armarios del gabinete, y era evidente que tenía que conseguirlas. Ese era el problema que, devanándome los sesos, intentaba resolver. Había cerrado la puerta del laboratorio. Si trataba de entrar en él a través de la casa, mis propios sirvientes me habrían enviado al patíbulo. Fui consciente de necesitar ayuda, y así pensé en Lanyon. ¿Cómo podía llegar a él? ¿Cómo llegaría a persuadir a mi amigo? Suponiendo que pudiera escaparme de la alarma ciudadana en las calles, ¿cómo iba a encontrar la manera de llegar ante su presencia?, ¿y cómo podría yo, un visitante desconocido y desagradable, convencer al famoso médico de que entrara a la fuerza en el estudio de su colega, el Dr. Jekyll? Entonces recordé que todavía poseía algo de mi anterior personalidad: podía escribir con mi propia letra. Y una vez que concebí aquella brillante idea, los pasos que debía seguir quedaron meridianamente claros de principio a fin.

Me ajusté la ropa al cuerpo lo mejor que pude, detuve un carruaje y me hice conducir a un hotel en la calle Portland, cuyo nombre acerté a recordar. Ante mi apariencia, que era ciertamente burlesca, a pesar de la tragedia que encerraba, el cochero no pudo ocultar sus ganas de sonreír. Le mostré los dientes con tal gesto de furia endemoniada que la sonrisa se borró de sus labios, por suerte para él y especialmente para mí, porque de haberse reído un instante más le habría hecho bajar del pescante a empujones. Al entrar en el hotel, inspeccioné los alrededores con un semblante tan sombrío que hizo temblar a los empleados. Ni una sola mirada intercambiaron en mi presencia, sino que con maneras desmesuradamente generosas, se aplacaron ante mis palabras y siguieron mis órdenes, hasta conducirme a una habitación. Luego, me trajeron todo lo necesario para hacer lo que me proponía, papel y tinta para escribir. Hyde, que ahora corría graves peligros, era una criatura nueva para mí, y su nerviosismo me descomponía. Su irascibilidad parecía no poder contenerse y su ansiedad era tal que de buen grado hubiera infligido un nuevo daño. Pero, por encima de todo, aquella criatura era astuta. Dominó su cólera con un gran esfuerzo de voluntad, escribió sus dos importantes misivas, una para Lanyon y otra para Poole, y, para tener la certeza de que eran depositadas puntualmente en el correo, las hizo enviar certificadas a sus respectivos destinatarios.

Desde ese momento, pasó todo el día en su habitación sentado cerca del fuego, mordiéndose las uñas. Allí cenó en soledad y con la única compañía de sus propios temores, atendido por un servicio visiblemente asustado. Después, bien entrada la noche, se sentó en un rincón de un carruaje cubierto y se hizo conducir de un lado a otro por las calles de la ciudad. Él (y digo «él» porque no puedo decir «yo»), aquella criatura más cercana al infierno que a lo terrenal, era lo más ruin que se pueda imaginar, sus únicos sentimientos eran más propios de lo que sale del miedo y del odio. Luego, temiendo que el cochero empezara a sospechar, abandonó el carruaje y se aventuró a proseguir a pie entre los transeúntes y los personajes noctámbulos de la ciudad, vestido con aquella ridícula indumentaria y provocando todo tipo de reacciones en los ciudadanos londinenses. Caminaba deprisa, perseguido por sus temores, hablando consigo mismo, deslizándose a través de las calles menos frecuentadas, contando los minutos que le separaban de la medianoche. Una mujer se dirigió a él para ofrecerle una cajita de cerillas, creo. Sin remedio golpeó la cara de la mujer, la cual salió huyendo a toda velocidad.

Cuando recobré mi propia personalidad en casa de Lanyon, el horror de mi viejo amigo me afectó. No sé, fue una gota más en el océano de aborrecimiento con el que rememoraba aquellas horas. Pero se había operado un cambio en mí. Ya no era el miedo al patíbulo lo que me atormentaba, sino el de convertirme definitivamente en Hyde. Recibí todo tipo de reproches por parte de Lanyon, y luego regresé a mi casa y me acosté. Tras aquella experiencia de fugitivo, que fue agotadora, dormí plácidamente con un sueño tan profundo que ni las pesadillas que a modo de tortura me perseguían consiguieron desvelarme. Por la mañana, abatido y débil, pero descansado, me desperté con cierto temor a la bestia que dormía dentro de mí y, naturalmente, no había olvidado los aterradores peligros del día anterior, pero al menos estaba otra vez en casa, en mi propia casa, y cerca de las sustancias que precisaba. Sentía un enorme júbilo por haber conseguido escapar del peligro tan acuciante del día anterior, pero no terminé de creerme que el peligro hubiera terminado.

Estaba paseando tranquilamente por el patio después del desayuno, saboreando con placer el frescor de la mañana, cuando me asaltaron otra vez aquellas terroríficas y desgarradoras sensaciones que preconizaban el cambio. Apenas tuve tiempo de llegar a mi gabinete antes de que se apoderaran de mí la furia y la locura de las pasiones de Hyde. En esa ocasión tuve que tomar una dosis muy abundante para volver a mi ser, pero, ¡ay de mí!, seis horas después, mientras miraba sereno y ensimismado el fuego de la chimenea, volví a sentir los dolores y tuve que administrarme la poción otra vez. En otras palabras, desde aquel día, solo por medio de un gran esfuerzo, como un deportista, y bajo el estímulo inmediato de la poción, pude conservar la apariencia de Jekyll. A todas las horas del día y la noche, me sentía invadido por ese temor premonitorio. Y, sobre todo, si me dormía o si echaba una cabezada en mi butaca, me despertaba a todas horas con la apariencia de Hyde. Bajo esa tensión y la constante amenaza de la transformación sin apenas presentirlo, junto con un continuo insomnio, me condené yo mismo a extremos que jamás pude llegar a pronosticar, y me convertí en una criatura débil de cuerpo y mente, dominada por la fiebre, obsesionada por un único pensamiento: el horror a mi otro yo. Sí, así fue, cuando dormía, o cuando la fuerza de la droga se debilitaba, saltaba casi sin transición (pues los dolores de la transformación eran cada día menos marcados) dentro de una pesadilla atestada de imágenes terroríficas, dentro de un espíritu que me sangraba por odios sin causa y de un cuerpo que no parecía lo bastante fuerte como para contener aquellas rabiosas ganas de vivir. El poder de Hyde parecía haberse acrecentado con la debilidad física de Jekyll. Y ciertamente el odio que los separaba a los dos era igual por ambas partes.

Para Jekyll, era instinto vital. Había podido ver con toda amplitud toda la deformidad de aquella criatura que compartía con él algunos de los fenómenos de la conciencia, inherente a él hasta la muerte. Además de esa vinculación, tal vez la parte más dolorosa de su fatal desgracia, concebía a Hyde, a pesar de toda su energía vital, como algo no solo demoniaco, sino también inorgánico. Y era lo más sorprendente: que el barro de la tumba se retorciera entre gritos y voces sofocantes, como si el polvo amorfo gesticulara y pecara, y que lo que estaba muerto y carecía de forma usurpara los atributos de la vida. Aquel horror estaba íntimamente ligado a él, más que una esposa, más que sus propios ojos; estaba insertado dentro de su misma carne, y en su dolencia oía los gritos y las quejas que de forma contestataria intentaban renacer en él. Cualquier momento de debilidad, un simple sueño, un simple desvanecimiento, sería suficiente para suplantar su espíritu.

El odio de Hyde por Jekyll era de naturaleza distinta. Su miedo a la horca le llevaba continuamente a cometer temporales suicidios y retornar a la condición de ser la parte subordinada de una persona. Pero aborrecía esa necesidad, detestaba el desánimo en que había caído Jekyll y se sentía receloso ante el disgusto con que este lo contemplaba. De ahí las malas pasadas que me jugaba, escribiendo con mi propia letra blasfemias en las páginas de mis libros, quemando mis cartas y destruyendo el retrato de mi padre. Seguro que, si no hubiera sido por su miedo a la muerte, hace tiempo que habría buscado su ruina para arrastrarme a mí en ella. Pero su amor a la vida es asombroso. Incluso diré más: yo, que me pongo enfermo por el mero hecho de pensar en él, cuando observo la pasión de su apego a la vida y me doy cuenta de cómo teme mi poder sobre él por medio del suicidio, no puedo sino apiadarme de él en el fondo de mi corazón.

Sería inútil prolongar esta descripción y me falta tiempo para hacerlo. Me es suficiente aclarando que nadie ha sufrido nunca tales tormentos, y es lo que importa. Y, a pesar de todo, el hábito de sufrir ha proporcionado, no alivio, pero sí fortaleza a mi espíritu, una cierta aceptación de la desesperación. Mi castigo hubiera podido prolongarse en el tiempo de no haber sido por la última fatalidad que me ha sorprendido y que, finalmente, me ha privado de mi rostro y de mi naturaleza. Mi provisión de sales, que no había renovado desde la fecha de mi primer experimento, empezó a agotarse. Encargué una nueva remesa y preparé la mezcla. La ebullición se produjo y también el primer cambio de color, pero no el segundo. Bebí la pócima y no causó efecto. Tendrás conocimiento a través de Poole cómo le he mandado buscar esas sales por todo Londres, en vano. Ahora estoy convencido de que la primera remesa era impura y de que fue precisamente esa incierta impureza la que confirió eficacia a la poción. Desde entonces, ha pasado casi una semana, y estoy terminando esta confesión bajo la influencia de la última dosis de las antiguas sales. A menos que se produzca un milagro, esta será, pues, la última vez que Henry Jekyll pueda expresar sus propios pensamientos y ver su propio rostro (¡tan tristemente alterado!) en el espejo. No quiero demorarme más porque si mi relato hasta el momento ha logrado escapar de la destrucción ha sido gracias a la prudencia y la buena suerte. Si los dolores de la transformación me asaltaran mientras escribo esto, Hyde lo haría pedazos. Sin embargo, si logro que pase algún tiempo desde el momento de finalizarlo hasta la transformación, es probable que su increíble egoísmo y su limitación al momento presente salven este escrito de su aborrecimiento tan tremebundo. La verdad es que el fatal destino que se cierne sobre nosotros dos lo ha cambiado y está abatido. Dentro de media hora, cuando adopte de nuevo y para siempre esa odiada personalidad, permaneceré sentado, estremeciéndome y suspirando en mi butaca, o continuaré, en un estado de permanente tensión y terror, recorriendo de arriba abajo esta habitación (mi último refugio terrenal) con la percepción en guardia a todo sonido amenazador. ¿Morirá Hyde en las tinieblas, o encontrará el coraje suficiente para librarse de sí mismo en el último momento? Solo Dios lo sabe. A mí me es igual en estos momentos, creo que ha llegado la hora de mi muerte y lo que posteriormente suceda me es indiferente; a mí ya no me concierne y de otro es la responsabilidad de mi destino. Por tanto, aquí deposito esta pluma, y ahora procedo a sellar mi confesión poniendo fin a la desdichada historia de Henry Jekyll.

El club de los suicidas

1

Historia del joven de las tartas de crema

Durante su residencia en Londres, su majestad el príncipe Florizel de Bohemia se ganó el afecto de todas las clases sociales gracias a dos virtudes: sus buenos modales y una generosidad bien entendida. Era, por lo que se conocía de su persona, un hombre notable, incluso merecía este calificativo a pesar de no tener relación personal con nadie significativo. Gozaba de un carácter sereno y poseía la naturalidad que a menudo se otorga a estamentos sociales más sencillos. Así era el príncipe de Bohemia, aunque no por ello estaba exento de tener ciertas excentricidades, ni de poseer aficiones por formas de vida más pintorescas, ya que independientemente de su cuna, era por encima de todo un príncipe original. En muchas ocasiones, si el aburrimiento superaba su paciencia y no podía asistir a una buena comedia en los teatros de Londres; o en otros casos, los imprevistos atmosféricos impedían la práctica de ciertos deportes en los que, por cierto, era muy hábil, entonces mandaba llamar a su confidente y caballerizo mayor, el coronel Geraldine, y le ordenaba que se dispusiera para un paseo nocturno. El caballerizo mayor, joven oficial de impulso valiente e incluso, en ocasiones, algo temerario, recibía la orden con entusiasmo y siempre se preparaba de inmediato. Aquel individuo contaba con una enorme experiencia en la vida y tenía mucha destreza, tanto para disfrazarse como para ejecutar diferentes papeles en la vida y en la sociedad, era capaz de adoptar no solo la cara y el porte, sino hasta la voz y los pensamientos de personas de todo rango, naturaleza o nación; de esa forma conseguía distraer la atención que de otro modo hubiera tenido el punto de mira en el príncipe, y en más de una ocasión logró que ambos fueran admitidos en la sociedad de las personas más extrañas. Esas aventuras no llegaron nunca a oídos de las autoridades. Gracias al valor imperturbable de uno, y al ingenio del otro, además de su devoción caballeresca, los dos amigos habían salido bien parados de muchos trances peligrosos y, con el paso del tiempo, fueron cobrando cada vez más confianza.

Una tarde de marzo, una lluvia helada los obligó a intentar localizar refugio, y lo encontraron finalmente en una taberna, ubicada en la plaza de Leicester, cuya especialidad son las ostras. El coronel Geraldine se había caracterizado de tal forma que parecía un periodista escaso de fondos, y el príncipe, como de costumbre, se había transformado con unos bigotes falsos y gruesas cejas postizas. Aquel disfraz le proporcionaba un aspecto rudo y desarreglado que en alguien de su condición, refinada y educada, significaba un desafío provocador. Así, disimulando roles diferentes, los dos compañeros se sentaron a beber con entera tranquilidad un brandy con soda.

La taberna estaba atestada de clientes, tanto hombres como mujeres. Varios intentaron trabar conversación con nuestros aventureros, pero ninguno parecía lo suficientemente interesante como para prolongar la relación. Todos pertenecían a los bajos fondos de Londres o a la más vulgar bohemia. El príncipe había bostezado varias veces y empezaba a tener profundos síntomas de aburrimiento en aquella excursión, cuando se abrió la puerta del establecimiento con violencia, irrumpiendo acto seguido un joven al que seguían dos servidores. Cada uno de los servidores traía una gran bandeja de tartas de crema, como se pudo observar. Luego, los tres recién llegados dieron la vuelta a la taberna y el joven se dedicó a ofrecer, con exageradas muestras de cortesía, una tarta de crema a cada uno de los presentes. Unas veces su ofrecimiento era aceptado entre ademanes burlescos y risas; otras, el rechazo era firme y con aires de desprecio. En estos últimos casos, el propio joven se comía la tarta, haciendo un comentario más o menos humorístico.

Por fin se dirigió al príncipe Florizel.

–Señor –le dijo, haciendo una sofisticada reverencia mientras inclinaba hacia él una porción de tarta, que sostenía entre el pulgar y el índice–, ¿quiere usted hacerle este honor a un perfecto desconocido? Respondo personalmente de la calidad de la repostería, pues me he comido veintisiete desde las cinco de la tarde.

–Tengo por costumbre fijarme no tanto en el obsequio cuanto en la intención que lo anima –respondió el príncipe.

–La intención, señor –dijo el joven, con otra reverencia–, no es otra que la burla.

–¿De burla? –repitió Florizel–. ¿Quién es el objeto de la burla?

–No estoy aquí para exponer mi filosofía, sino para repartir mis tartas. Y le aseguro que yo mismo me incluyo en todo lo ridículo que sugiere esta representación, y por tanto, no espero menos de usted, así que sin herir susceptibilidades, me sería grato que aceptara mi invitación. Y, si no, me obliga a comerme la vigésima octava porción de tarta, con lo cual me es legítimo confesarle que empiezo a sentirme harto de la operación.

–Me ha convencido usted –dijo el príncipe– y me gustaría con la mejor voluntad rescatar a su persona de este contratiempo, pero a cambio le propongo una condición. Si mi amigo y yo comemos sus tartas, que, a decir verdad, no nos apetecen ni lo más mínimo, le pediremos que, para recompensarnos, cene usted con nosotros.

El joven pareció meditar ante la propuesta.

–Todavía me quedan por ofrecer varias docenas, y tendré que visitar, unas cuantas tabernas más antes de finalizar esta operación. Me va a llevar tiempo, y si ustedes tienen hambre…

El príncipe interrumpió su discurso con un gesto comedido.

–Mi amigo y yo iremos con usted, pues sentimos una tremenda curiosidad por su manera tan original de pasar la tarde. Y ahora que hemos terminado con este extenso preámbulo de educación, va usted a permitirme que yo mismo sea capaz de sellar nuestro trato en nombre de los dos.

Y el príncipe engulló la tarta con la prestancia característica e inconfundible en una persona de buenas maneras y exquisita educación.

–Deliciosa –dijo.

–Veo que usted tiene un excelente paladar –dijo el joven.

El coronel Geraldine hizo también los honores en probar la tarta y, puesto que todos los clientes de la taberna habían degustado o rechazado la invitación, el joven se dirigió a otro establecimiento semejante. Los dos servidores, que parecían haberse acostumbrado a su absurda función, se colocaron como séquito a sus espaldas, y detrás, coronando y cerrando la marcha, el príncipe y el coronel, los cuales no dejaron de sonreír todo lo que duró aquella absurda experiencia. Así, aquel extraño grupo visitó otras dos tabernas, repitiendo de nuevo la operación. Unos aceptaron y otros rechazaron los favores de la hospitalidad vagabunda, y así el propio joven tuvo que engullir otras tartas más.

Al salir de la tercera taberna el joven hizo el inventario de sus existencias. No quedaban sino nueve tartas, tres en una bandeja y seis en otra.

–Caballeros –dijo, dirigiéndose a sus dos nuevos seguidores–, me niego a dejarles más tiempo sin cenar. Estoy convencido de que tienen ustedes hambre y creo que les debo una consideración especial. En este día tan especial, en el que pongo punto final a mi carrera de perturbado mental con esta representación tan obviamente absurda, quiero portarme lo mejor posible con todos los que me han prestado su apoyo. No demoraré más su invitación, señores. Aunque mi constitución esté quebrantada por mis excesos anteriores, me juego la vida para cumplir con el convite que me han ofrecido.

Tras decir estas palabras fue engullendo las nueve tartas restantes, tragándose cada una de ellas de un solo bocado. Al terminar, volviéndose a sus servidores, les pagó con un par de monedas.

–Quiero agradecerles su extraordinaria paciencia –les dijo.

Y al despedirse hizo una inclinación. Luego puso los ojos en la cartera de la que acababa de sacar el pago a sus fieles asistentes y, al cabo de unos segundos, la arrojó con una carcajada al medio de la calle, anunciando, así, que estaba listo para cenar.

En un pequeño restaurante francés del Soho que durante cierto tiempo disfrutó de una fama soberbia por su buena cocina, aunque en los últimos tiempos empezaba a caer en el olvido, los tres compañeros subieron dos tramos de escaleras y se instalaron en un salón privado, lugar en el que no se privaron de ningún manjar, incluyendo tres o cuatro botellas del mejor champán, acompañados por una conversación algo trivial. El joven se mostró alegre y conversador, pero se reía con un potencial más fuerte de lo natural en una persona de buena educación; además, le temblaban las manos con violencia y su voz incurría en súbitas y sorprendentes inflexiones que parecían ajenas a su voluntad. Cuando acabaron el postre, los tres encendieron sus cigarros y el príncipe se dirigió a él en los siguientes términos:

–Estoy seguro de que sabrá perdonar mi curiosidad. Lo que he podido observar de usted me gusta mucho, aunque confieso que mi intriga es todavía más poderosa que mi simpatía en cuanto a su persona. Y, sin ánimos de pecar de indiscreto, debo decirle que tanto mi amigo como yo somos personas a las que sin temor se puede confiar un secreto. De hecho, nosotros mismos ocultamos infinidad de secretos, todos inocentes y sin ninguna maldad. Supongo que su historia es absurda, pero supongo que no hace falta andarse con sutilezas, pues somos dos de los hombres más absurdos de Inglaterra. Yo me llamo Godall, Theophilus Godall; mi amigo es el mayor Alfred Hammersmith, o al menos se designa con ese nombre. Nuestra vida se basa en parte en la continua búsqueda de nuevas aventuras, todas extravagantes y exageradas, y aunque atendemos a nuestros respectivos deberes, somos proclives a meternos continuamente en simpáticos embrollos.

–Me cae usted bien, señor Godall –respondió el joven–. Me inspira usted confianza y acepto de buena gana la presencia de su amigo el mayor, quien, por cierto, parece un noble disfrazado. Por lo menos, estoy seguro de que no es un militar.

El coronel sonrió ante este homenaje rendido a la perfección de su arte y el joven prosiguió, en tono más animado:

–Tengo todas las razones del mundo para no contarles mi historia. Y, precisamente por esa razón, creo que se la voy a contar. Me parecen ustedes tan dispuestos a escuchar una historia descabellada que me falta valor para decepcionar su curiosidad. A pesar de su confianza, no voy a revelar mi nombre, si no les importa. En cuanto a mi edad, no creo que venga al caso. Desciendo de unos antepasados con cierta educación y de los que, por generación, heredé un alojamiento muy aceptable, que todavía ocupo, y una renta de trescientas libras al año. Creo también que por añadidura me dejaron un temperamento algo atolondrado, el cual nunca he ocultado a lo largo de mi vida. En cuanto a mi educación, confieso que fue buena, y lo digo sin arrogancia. Interpreto música al violín, lo suficientemente bien como para ganarme la vida en cualquier teatro de variedades. También toco la flauta y he llegado a manejar bien la trompa de llaves. Mis conocimientos del *whist* me permiten perder cien libras al año en ese juego científico. Gracias a mi dominio del francés, consigo derrochar el dinero en París casi con la misma facilidad que en Londres. En suma, soy una persona con educación y ostento algunas cualidades, aunque no por ello estoy exento de defectos. En cuanto a mis aventuras, creo que he pasado por todo tipo de experiencias, incluso llegué a concertar un duelo, sin el menor motivo. Hace apenas un par de meses conocí a una joven que, tanto en cuerpo como en espíritu, era lo más cercano a la perfección que he conocido. Comprendí que me había encontrado con mi destino y estaba a punto de enamorarme. Sin embargo, al calcular lo que me quedaba de capital, comprobé que no sumaba cuatrocientas libras. Ahora bien, les ruego que me digan: ¿puede enamorarse un hombre que se respeta a sí mismo si solo dispone de cuatrocientas libras? Por supuesto que no, me respondí, así que dejé en el acto a mi hechicera y, acelerando ligeramente el ritmo de mis gastos, llegué esta mañana a mis últimas ochenta libras. Dividí el dinero en dos partes iguales: reservé cuarenta para un propósito determinado, con intención de gastar las otras cuarenta antes de que cayera la noche. He pasado un día muy entretenido ejecutando todo tipo de bromas y de absurdos, además de la farsa de las tartas de crema, que, por cierto, me ha abierto las puertas para tener el gusto de conocerlos. Como les he indicado, estaba decidido a finalizar esta carrera tan disparatada, y cuando me vieron arrojar la cartera a la calle fue porque había terminado con las cuarenta libras. Ahora me conocen ustedes tan bien como me conozco a mí mismo: un loco, pero coherente en su locura y, pueden ustedes creerme, un hombre que no es un quejumbroso ni un cobarde.

Por el tono en que el joven hizo su declaración era claro que se juzgaba a sí mismo con desprecio y amargura. Los amigos dedujeron que su enamoramiento era el motivo de su desengaño personal, y estaba más afectado de lo que pudiera imaginar, incluso podía ser motivo de suicidio. La farsa de las tartas de crema empezaba a cobrar un aire de tragedia disimulada.

–¿No es extraño –dijo Geraldine, lanzando una mirada al príncipe Florizel– que en un desierto tan enorme como es Londres se encuentren, por pura casualidad, tres personas que se encuentran casi en la misma situación?

–¡Cómo! –exclamó el joven–. ¿También ustedes están arruinados? ¿Esta cena significa que es otra locura al igual que mis tartas de crema? ¿El diablo ha reunido a tres de sus criaturas para un último festejo?

–Puede usted estar seguro de que el diablo se porta a veces como un caballero –respondió el príncipe Florizel–, y tanto me conmueve esta coincidencia que, puesto que no nos encontramos en igualdad de condiciones, voy a poner fin a toda diferencia entre nosotros. Que me sirva de ejemplo su comportamiento heroico con las últimas tartas de crema.

Y después de pronunciar este discurso, el príncipe sacó la cartera y retiró de ella los billetes que contenía.

–Como ve, necesitaba encontrarme con una persona como usted, y quiero obrar con su gallardía para que lleguemos juntos a la misma meta. Esto bastará para pagar la cena –añadió, poniendo un billete sobre la mesa–. Lo demás…

Y arrojó los billetes al fuego, donde desaparecieron, envueltos en una llamarada.

El joven trató de sujetarle por el brazo, pero la distancia en la mesa era excesiva y su gesto llegó demasiado tarde.

–¡Desgraciado! –gritó–. ¡Lo ha quemado todo! ¡Tenía que guardar cuarenta libras!

–¡Cuarenta libras! –repitió el príncipe–. ¿Y por qué, en nombre del cielo, cuarenta libras?

–¿Por qué no ochenta? –preguntó el coronel–. Había por lo menos cien libras en esa cartera.

–Necesitaba cuarenta libras –contestó tristemente el joven–. Sin ellas no hay admisión posible. Las reglas son estrictas. Cuarenta libras por persona. ¡Ah, maldita vida, ni siquiera se puede morir sin dinero!

El príncipe y el coronel intercambiaron una mirada cómplice que atendía a la misma picardía.

—Explíquese usted —dijo este último—. Todavía me queda una cartera bien provista y, no hace falta decirlo, la compartiré de buena gana con Godall. Pero tengo que saber la razón; debe usted explicarme lo que quiere decir.

El joven pareció despertarse. Miró con inquietud a los dos amigos y se sonrojó profundamente.

—¿No me engañan ustedes? —preguntó—. ¿De verdad están tan arruinados como yo?

—Yo sí, por lo que a mí respecta —respondió el coronel.

—Y yo le he dado pruebas —dijo el príncipe—. ¿Quién si no un hombre arruinado tira dinero al fuego? Los hechos hablan por sí mismos.

—Un hombre arruinado, sí —contestó el otro, con aire de sospecha—. O un millonario.

—Basta, señor —dijo el príncipe—. Ya se lo he dicho, y no estoy acostumbrado a que se dude de mi palabra.

—¿Arruinados? —dijo el joven—. ¿Están arruinados como yo? ¿Tras una vida de excesos, han llegado a un punto en que solo hay un lujo que puedan permitirse? ¿Quieren evitar las consecuencias de su locura tomando el único camino fácil e infalible? ¿Huirán del tribunal de la conciencia por la única puerta que queda abierta?

Se interrumpió de pronto y trató de reír.

—¡A su salud! —gritó, levantando la copa—. ¡Y buenas noches, queridos amigos arruinados!

El coronel Geraldine le agarró del brazo cuando estaba a punto de levantarse.

—No tiene usted confianza en nosotros, y creo que hace mal —le dijo—. A todas sus preguntas puedo contestar sin ocultar nada. Ni soy tímido, ni tampoco cobarde, y me permito el lujo de hablar claro. Nosotros también, como usted, estamos hartos y desengañados de la vida y hemos decidido morir. Tarde o temprano, en soledad o en compañía, iremos en busca de la muerte y podremos desafiarla. Puesto que hemos encontrado a una persona como usted, y su caso requiere de premura, que sea esta noche, ahora mismo, y, si es su intención y deseo, que seamos los tres juntos. Vayamos los tres del brazo, sin un penique, a presentarnos ante Plutón. ¡Nos prestaremos apoyo mutuamente entre las sombras!

Geraldine había dado exactamente en el clavo con el tono y los modales del papel que representaba. El propio príncipe se sintió desconcertado, mirando a su confidente con cierto enigma. En cuanto al joven, el rubor le encendió otra vez la cara y le brillaron los ojos.

—¡Ustedes son los hombres que buscaba! —gritó con una alegría casi temeraria—. ¡Démonos la mano! —su mano estaba fría y húmeda—. ¡Ignoran la confianza y la compañía que acaban de otorgarse! ¡No saben en qué momento tan bienaventurado comieron mis tartas de crema! No soy sino un soldado, pero formo parte de un ejército. Conozco la puerta secreta de la muerte. Soy uno de sus familiares y puedo hacer que se incorporen a la eternidad sin ceremonia y sin escándalos.

Le exigieron que se explicase.

—¿Pueden reunir entre ustedes ochenta libras? —les preguntó.

Geraldine consultó ostentosamente su cartera y respondió que sí.

—¡Hombres de suerte! —exclamó el joven—. Cuarenta libras cuesta la entrada en el Club de los Suicidas.

—¿El Club de los Suicidas? —dijo el príncipe—. ¿Qué aberración me está contando?

—Escuchen ustedes —comenzó el joven—. Esta es la era de los servicios y les voy a mostrar lo más perfecto que existe. Tenemos intereses repartidos en diversos lugares y, por tanto, se han inventado los ferrocarriles y los trenes. Por supuesto, a veces la distancia que nos separa es tan abismal que, con tal fin, se inventaron los telégrafos, gracias a lo cual podemos comunicarnos sin perder tiempo e independientemente de las distancias. Hoy por hoy, incluso los hoteles disponen de ascensores para ahorrarnos la subida de unos cuantos escalones. Somos conscientes de que la vida es un puro teatro, y hacemos de bufones mientras nos entretenga el papel. Faltaba un servicio más a la comodidad de la nueva era, en otras palabras, una manera decente y fácil de salir de escena, una escalera excusada a la libertad o, como dije antes, una puerta secreta de la muerte. Y es precisamente esta novedad, mis queridos compañeros, la que ofrece el Club de los Suicidas. No piensen ni por un momento que ustedes y yo somos únicos y genuinos, y en ningún modo excepcionales por la hazaña a la que nos hemos encomendado. Hay infinidad de personajes que, de forma semejante, se sienten verdaderamente hastiados por lo que les corresponde; y, así, encantados profesarían nuestra idea, huyendo de la propia vida si no fueran detenidos por una o dos consideraciones. Algunos tienen familias, que quedarían dolorosamente deprimidas y hasta serían objeto de acusaciones si el hecho se hiciera público; a otros les falta valor y se echan atrás ante las circunstancias de la muerte. Y, en definitiva, esta última consideración ha sido, hasta cierto punto, mi propio devenir hasta ahora. Soy incapaz de apuntar con una pistola a mi propia cabeza y apretar el gatillo. Algo que es más fuerte que yo me lo impide; detesto la vida, pero me falta la fuerza necesaria para abrazar la muerte y terminar de una vez. Para la gente como yo, que desea romper las amarras sin escándalo póstumo, se ha constituido el Club de los Suicidas. No sé cómo se consiguió organizar esta sociedad, ni su posterior historia. Tampoco sé si se extiende a otros países, ni tengo libertad para comunicarles lo que sé de sus estatutos. No obstante, me es posible ponerme a su servicio. Si en verdad están cansados de la vida, puedo presentarles esta noche ante una reunión y, si no esta misma noche, por lo menos antes de una semana se les librará de sus existencias. Son ahora –sacó el reloj– las once; en media hora, a más tardar, debemos salir de aquí, de modo que tienen ese tiempo para meditar mi propuesta. Es más seria que una tarta de crema –terminó, con una sonrisa– y creo que más apetitosa.

–Más seria, sin duda alguna –contestó el coronel Geraldine–. Y, puesto que lo es, tiene que concedernos un tiempo a solas, para discutir Godall y yo sobre la propuesta.

–Nada más justo –respondió el joven–. Con su permiso, me retiro.

–Es usted muy amable.

–¿Qué objeto tiene esta confabulación, Geraldine? –dijo el príncipe en cuanto se quedaron solos–. Creo que está usted muy nervioso, y yo por mi parte he tomado mi decisión en plenas facultades. Quiero ver en qué acaba toda esta historia.

–Su alteza –dijo el coronel, palideciendo– permítame rogarle que tenga presente la importancia de su vida, no solo para sus amigos, sino para el interés público. Recuerde sus palabras: «si no esta misma noche...»; ese individuo está loco, y suponga que esta noche su alteza fuese víctima de un desastre irreparable. Imagínese cuál sería mi desesperación, imagínese el dolor y el daño de un gran país.

–Necesito saber cómo acaba esta aventura –repitió el príncipe con tono más firme–. Tenga la bondad, coronel Geraldine, de recordar su palabra de caballero y cumplir con ella. Recuerde que en ninguna circunstancia debe usted, sin mi especial autorización, traicionar el incógnito que he decidido adoptar. Esas fueron mis órdenes, que reitero. Y ahora –añadió– le ruego que pida la cuenta.

El coronel Geraldine, sucumbiendo a las órdenes, se inclinó en un gesto de sumisión, pero quedó conmocionado por la actitud del príncipe. Seguía pálido cuando llamó al joven de las tartas de crema, y pidió la cuenta al mozo del restaurante. El príncipe, que mantenía su apariencia imperturbable, le contó al joven suicida, dando muestras de humor y entusiasmo, una farsa que había visto en el Palais Royal. Evitó discretamente las miradas suplicantes del coronel y eligió otro cigarro con más cuidado que de costumbre. A decir verdad, era el único del grupo que guardaba el dominio de sus nervios.

Después de pagar la cuenta, el príncipe sorprendió al camarero dejándole una considerable propina, y los tres partieron en un coche con rumbo desconocido para el príncipe y el coronel. Era un camino largo, y bajaron delante de una callejuela más bien oscura.

Una vez que Geraldine hubo pagado al cochero, el joven se volvió al príncipe Florizel para decirle:

–Aún está a tiempo, señor Godall, para escapar y volver a la esclavitud. Usted también, mayor Hammersmith. Les ruego que insistan en analizar la cuestión, antes de dar un nuevo paso, y si su interior muestra algún obstáculo, deben de poner punto y final a esta aventura.

–Muéstrenos el camino, señor –dijo el príncipe–. Yo soy hombre que cumple siempre con la palabra que he dado.

–Su serenidad me reconforta –respondió el guía–. Nunca he visto a nadie tan decidido y sereno en semejante encrucijada, y tampoco es el único al que he acompañado hasta aquí. Más de uno de mis amigos me ha precedido al lugar al que no tardaré en llegar. De momento, ustedes, esperen aquí unos instantes; regresaré en cuanto haya arreglado los detalles de su presentación.

Y el joven, haciendo con la mano un gesto de despedida, se perdió por la callejuela en medio de la oscuridad y fue a parar a un siniestro portal.

–De todas nuestras locuras –dijo el coronel Geraldine en voz baja–, esta es la más insensata y peligrosa.

–Ya lo sé, estoy perfectamente convencido –respondió el príncipe.

–Todavía podemos volvernos atrás –siguió diciendo el coronel–. Permítame su alteza rogarle que aproveche la ocasión y se retire. Las consecuencias de este paso son tan excesivamente temerarias, y pueden llegar a ser tan graves, que me parece legítimo abusar de mayor libertad que la que su alteza me suele conferir en privado.

–¿Debo entender que el coronel Geraldine tiene miedo? –preguntó el príncipe, quitándose el puro de los labios y clavando la mirada en la cara de su compañero.

–El temor que siento no es por mi persona –respondió el coronel con orgullo–. De ello puede estar seguro su alteza.

–Me lo suponía –contestó el príncipe con su buen humor habitual–, pero no me gustaría recordarle la diferencia entre nuestras condiciones. Nada más, ni una palabra más –agregó, viendo que Geraldine estaba a punto de excusarse–. Está usted disculpado.

Y siguió fumando plácidamente, apoyado contra una verja, hasta que regresó el joven de las tartas de crema.

–Bueno –le dijo–, ¿se ha arreglado nuestra recepción?

–Pueden seguirme –fue la respuesta–. El presidente tendrá el honor de recibirles en su despacho. Y me van a permitir que les advierta que deben ser francos y sinceros en sus respuestas. Gozan ustedes de mis referencias, pero el club se reserva una investigación a fondo antes de aceptar a un nuevo miembro, pues la indiscreción de una única persona significaría la disolución de nuestra sociedad para siempre.

El príncipe y Geraldine hablaron en voz baja durante breves segundos. «Confirme lo que voy a decir», dijo uno, y «confirme usted lo siguiente», el otro; y como ambos representaron, no sin audacia, el papel de personas que conocían sus propósitos, se pusieron de acuerdo en un abrir y cerrar de ojos y fueron tras de su guía hacia el despacho del presidente.

No tuvieron que superar grandes obstáculos. La puerta de la calle estaba abierta; la del despacho, entreabierta; y al entrar en un salón pequeño, pero de techos muy altos, el joven volvió a dejar a sus recientes conocidos en solitario.

–Vendrá ahora mismo –dijo con una inclinación, antes de desaparecer.

A través de las puertas plegables que se veían a un extremo del despacho llegaba hasta ellos el rumor de voces que se interrumpían de vez en cuando, por la explosión de alguna botella de champán que descorchaban, seguida de gran bullicio y escandalosas risas. La habitación tenía una única ventana alta cuyas vistas daban al río y los muelles; las luces de la ciudad que alcanzaban a ver les dieron la impresión de hallarse cerca de la estación de Charing Cross. Los muebles eran escasos, forrados de telas muy gastadas. No había ningún objeto móvil, con la excepción de una campanilla de plata, en el centro de una mesa redonda, y de muchos abrigos y sombreros colgados de ganchos en las paredes.

–¿En qué clase de habitáculo nos encontramos? –preguntó Geraldine.

–Es lo que hemos venido a investigar –respondió el príncipe–. Si nos encontramos con unos cuantos diablos de carne y hueso, la cosa puede resultar divertida.

En aquel momento las puertas plegables se abrieron lo bastante para dar paso a una persona, y al mismo tiempo se percibió en el despacho un bullicio de voces y conversaciones, presididas por el máximo mandatario del Club de los Suicidas. Se trataba de un individuo de mediana edad, de unos cincuenta años. Era alto, un poco calvo, y lucía unas enormes patillas en su rostro. Sus ojos eran grisáceos, y brillaban lo mismo que dos luceros. En aquel momento fumaba un voluminoso cigarro y hacía unas muecas extrañísimas con gesticulaciones retorcidas. Parecía sagaz y astuto, y observó con absoluta minuciosidad a los recién llegados. Vestía un traje de *tweed* claro, camisa a rayas con el cuello muy abierto y llevaba bajo el brazo un libro de actas.

–Buenas noches –dijo, cuando hubo cerrado la puerta–. Me han comentado que quieren ustedes hablar conmigo.

–Señor, queremos ser miembros del Club de los Suicidas –respondió el coronel.

El presidente le dio varias vueltas al cigarro que llevaba en la boca.

–¿Y qué es ese club? –preguntó bruscamente.

–Mil perdones –dijo el coronel–, pero creo que es usted la persona adecuada que nos lo puede aclarar.

–¿Yo? –exclamó el presidente–. ¿Un Club de Suicidas? ¡Vamos, hombre! Esto parece una broma del Día de los Inocentes. Comprendo que un caballero beba un poco y se sienta de buen humor, pero se pasa usted de la raya.

–Llame a su club con el nombre que crea apropiado –dijo el coronel–. Lo cierto es que ustedes forman una organización de la que nos gustaría formar parte.

–Se equivoca usted, señor –contestó el presidente secamente–. Está en la casa de un particular y lo mejor será que se vayan ahora mismo.

El príncipe había permanecido en su asiento sin mediar una palabra durante este breve diálogo, pero ahora, cuando el coronel volvió a él la mirada, como diciéndole: «Ahí tiene su respuesta. ¡Vámonos de aquí, por amor de Dios!», se quitó de la boca el habano que estaba fumando y dijo:

–Hemos venido aquí invitados por un amigo suyo, el cual, sin duda, debe haberle explicado muestras intenciones al irrumpir en su reunión. Permítame recordarle que una persona en mis circunstancias tiene escasas razones para contenerse y pocas ganas para tolerar descortesías. Por lo general soy una persona de carácter sereno; sin embargo, no voy a prolongar esta comedia y usted me va a complacer en este asunto que nos llevamos entre manos, o se arrepentirá amargamente de haber permitido que llegara hasta su despacho.

El presidente se echó a reír de buena gana.

–Así se habla. Es usted todo un hombre, se ha ganado mi confianza y hará lo que quiera conmigo. Por favor –prosiguió, volviéndose a Geraldine–, tenga la bondad de salir unos minutos. Terminaré primero con su compañero y algunos de los trámites del club deben hacerse en privado.

Después de pronunciar estas palabras, abrió la puerta de un pequeño cuarto adyacente, en el que encerró al coronel.

–Me inspira usted confianza –le dijo a Florizel en cuanto se quedaron solos–, pero ¿está seguro de su amigo?

–No tan seguro como de mí mismo, aunque él tenga razones de más peso –respondió el príncipe–. Lo bastante seguro, en todo caso, como para que venga aquí sin reparos y con mi confianza. Lo que le ha ocurrido hartaría de la vida al hombre más tenaz. El otro día tuvieron que darle de baja por hacer trampas en el juego.

–Una buena razón, por cierto –dijo el presidente–. Otro de nuestros miembros se encuentra en la misma situación y me siento seguro de él. ¿Puedo preguntarle si también usted ha estado en el ejército?

–Sí, pero era demasiado perezoso. Lo dejé muy pronto.

–¿Y qué razón tiene para sentirse cansado de la vida?

–La misma, me parece. Pura pereza.

El presidente se sorprendió, dando un respingo.

–¡Demonio! –exclamó–. Tendrá que encontrar usted algo mejor.

–No me queda ni un penique –añadió Florizel–. Lo cual, sin duda, resulta también muy molesto y agrava todavía más mi pereza.

Durante unos segundos el presidente revolvió con sus muecas el cigarro que llevaba en la boca, con la mirada puesta en los ojos del curioso neófito, pero el príncipe soportó su examen con una apacible firmeza y el humor tan característico de su buen carácter.

–Si no tuviera mucha experiencia –dijo por fin el presidente–, usted no sería aceptado. Pero me constan los derroteros por los que se debate el mundo en la actualidad, y si he aprendido algo es que en ocasiones las excusas más frívolas para suicidarse suelen ser las más firmes. Y cuando una persona me cae bien, como usted, señor, prefiero saltarme ciertas reglas antes que rechazar sus propósitos *a priori*.

El príncipe y el coronel fueron sometidos a un largo y minucioso interrogatorio; primero fue el príncipe, y luego Geraldine en presencia del príncipe, de modo que el presidente pudiera observar el semblante de uno mientras interrogaba a conciencia al otro. El resultado fue satisfactorio y el presidente, tras asentar en el registro algunos detalles de cada caso, les presentó un formulario del juramento que debían aceptar. No se puede uno imaginar nada más estricto en cuanto a la obediencia prometida, ni los términos más exigentes en relación con una declaración jurada; superaba con creces la ideología más ortodoxa o el juramento más escrupuloso. El hombre que osara desafiar su promesa quedaría condenado al deshonor y sin los consuelos de la religión. Florizel firmó el documento sin restricciones, aunque no sin estremecerse. A continuación, el coronel siguió su ejemplo, aunque no pudo contener su cara de tristeza. Finalmente, el presidente recibió el dinero de la cuota de ingreso y, sin más vacilación, condujo a los dos nuevos miembros al salón de fumar del Club de los Suicidas.

El salón era de la misma altura que el despacho, por el que se comunicaba; sin embargo, era mucho más amplio y espacioso, así como más cálido. Las paredes estaban empapeladas con paneles que representaban una madera de roble y había un gran fuego encendido en la chimenea y diferentes lámparas colocadas en diversos ángulos de la habitación, iluminando el habitáculo en todos sus extremos. Había en torno a una veintena de personas reunidas en el gran salón. Todos bebían champán y fumaban enormes cigarros. Se respiraba un ambiente extraño, con pausas súbitas y conmovedores silencios.

–¿Es una reunión muy concurrida? –preguntó el príncipe.

–Regular –contestó el presidente–. Por cierto, si lleva dinero consigo, le informo de que es costumbre invitar a champán a los socios. De esa forma se mantienen los ánimos, por no mencionar que me proporciona algún beneficio.

–Hammersmith, dejaré el champán a su cargo –dijo Florizel.

Y tras indicarle aquella orden disimulada, inició su ronda entre los presentes. Acostumbrado a recibir a multitud de gente en los sitios más prestigiosos, no tardó mucho en cautivar con su conversación a sus interlocutores y a dominar la situación como ningún otro. A sus modales exquisitos y refinados, se unía una extraordinaria simpatía, así como una elocuente autoridad y distinguida distancia, que hacía más embaucadora su presencia. Transcurrido un tiempo, supervisó toda la sala y a todos sus individuos, y no tardó en tener un claro criterio de aquellos perturbados con los que se encontraba confinado. Todos ellos obedecían a un prototipo: hombres muy jóvenes en cuyo aspecto se advertía toda clase de inteligencia y sensibilidad, pero muy escasa vigorosidad en cuanto a los dones que hacen posible el éxito. La mayoría no llegaba a los treinta años de edad, e incluso algunos no habían cumplido ni los veinte. Se los veía apoyados en las mesas y moviendo con nerviosismo sus pies; unos fumaban con ansiedad y otros dejaban que se apagaran sus cigarrillos; unos hablaban muy bien y en otros la conversación carecía de sentido y de ingenio, fruto del nerviosismo. Con cada nueva botella de champán aumentaba de modo manifiesto la animación. Únicamente dos miembros permanecían sentados; uno de ellos en una silla junto a la ventana, con la cabeza caída sobre el pecho y las manos hundidas en los bolsillos del pantalón, pálido, empapado de sudor y sin decir palabra, una verdadera ruina de cuerpo y espíritu. El otro, en un diván junto a la chimenea, llamaba la atención por ser muy distinto a todos los demás. Debía de ser un hombre de unos cuarenta años, pero parecía diez años mayor; Florizel pensó que nunca había visto a nadie que fuera ni más horrendo ni más desfigurado por los estragos de las enfermedades y los vicios. Enflaquecido al máximo, no era sino un saco de huesos con sus miembros paralizados y llevaba unas gafas con cristales tan profundos que aparecían sus ojos enormes y distorsionados. Con excepción del príncipe y del presidente, era la única persona que mantenía la calma de la vida ordinaria.

La decencia no era la norma entre los miembros del club. Unos se jactaban de acciones patéticas y deshonrosas, cuyas consecuencias se resolvieron en buscar refugio en la muerte; los otros escuchaban sin el menor gesto de desaprobación. El acuerdo tácito era no pronunciar juicios morales, porque una vez que se habían traspasado las puertas del club cualquiera disfrutaría para siempre de las inmunidades de la muerte. Brindaban a la memoria de los demás, así como de los suicidas famosos del pasado. Exponían y comparaban sus diversas opiniones acerca de la muerte: unos decían que no era sino negrura y cesación; otros, llenos de esperanza, que esa misma noche alcanzarían las estrellas y conversarían con los muertos más ilustres.

–¡A la eterna memoria del barón Trenk, ejemplo de suicidas! –brindó uno de ellos–. Pasó de una celda estrecha a otra todavía más estrecha para luego correr hacia la libertad.

–Yo no pido sino una venda sobre los ojos y bolas de algodón en los oídos –decía un segundo–. Pero en este mundo no hacen un algodón lo bastante grueso.

Un tercero quería descubrir los enigmas de la vida en un nuevo futuro, y un cuarto aseguraba que no hubiese entrado al club si no estuviera a favor de la teoría de Darwin y no lo hubieran inducido a creerla con anterioridad.

–No soporto la idea de descender del mono –aseguraba este curioso suicida–, y lo peor es que tiene sentido…

El príncipe se sintió más bien decepcionado por el porte y la conversación de los miembros.

«No me parece que haya motivo para tanta confusión –pensaba–. Si uno decide matarse, que se mate, por Dios, como un caballero. Tantos esfuerzos dialécticos, tantas absurdas palabras y tanta parafernalia me resultan pedantes y una pura falacia».

Entretanto, el coronel Geraldine se sentía presa de las más oscuras inquietudes. El club y sus reglas seguían siendo un misterio para él y buscó en el salón alguien que pudiese apaciguar su inquietud. Al fin puso los ojos en el paralítico de gruesas gafas y, al observar su serenidad, se dirigió al presidente, que entraba y salía atendiendo sus ocupaciones, y le pidió que le presentase al caballero del diván.

El otro le explicó que en el club esas formalidades eran innecesarias, pero no tuvo inconveniente en presentarle al señor Malthus, el cual, tras mirar con curiosidad al coronel, le pidió que tomase asiento a su derecha.

–Es usted un recién llegado y quiere información –le dijo–. Ha encontrado la persona adecuada. Hace dos años que frecuento este club tan simpático.

El coronel recobró el aliento. Si el señor Malthus había visitado aquel lugar desde hacía dos años, era sensato pensar que el príncipe no corría mucho peligro únicamente por una noche. Sin embargo, Geraldine seguía intrigado y empezó a sospechar que había sido víctima de una burda broma.

–¡Cómo! ¡Dos años! –exclamó–. Yo creía... Pero ahora veo que me han gastado una broma.

–De ninguna manera –respondió suavemente el señor Malthus–. Mi caso es especial. No soy, hablando con propiedad, un suicida, sino lo que podría llamarse un socio honorario. Es raro que venga al Club dos veces en un par de meses. Mi enfermedad, y la generosidad del presidente, me procuran estas pequeñas inmunidades, aunque, por supuesto, pago como los demás y, excepcionalmente, una cuota más elevada. Sin embargo, creo que he tenido una gran suerte por mi incursión en esta asociación.

–Me temo que debo pedirle que sea más explícito –dijo el coronel Geraldine–. Recuerde que todavía no conozco con profundidad las reglas del club.

–Los miembros ordinarios que vienen aquí, como usted, en busca de la muerte –contestó el paralítico–, vuelven cada noche hasta que la fortuna les favorece. Es más, si no les queda un centavo, pueden pedir comida y alojamiento al presidente, algo discreto y limpio, aunque por supuesto sin lujos u ostentaciones, teniendo en cuenta la proporción de sus contribuciones. Y la compañía del presidente es, en sí misma, un regalo.

–No me diga. A mí no me ha dado esa impresión.

–¡Ah, no lo conoce usted bien! ¡El hombre más divertido! ¡Qué historias! ¡Qué cinismo! Conoce la vida de forma admirable y, dicho sea entre nosotros, creo que es el granuja más corrupto de toda la historia de la humanidad.

–¿Y también es miembro permanente al igual que usted? –preguntó el coronel.

–Sí, es permanente, aunque en un sentido muy distinto –dijo el señor Malthus–. Yo he sido amablemente dejado de lado, pero al final llegará mi turno. Él, en cambio, no juega nunca; baraja, parte y reparte las cartas y hace todos los arreglos necesarios. Es un hombre de gran talento y de ingenio, mi querido señor Hammersmith. Hace tres años que reside en Londres y es un gran profesional, ya me entiende... Es un artista, y lo ejecuta todo sin suscitar en ninguna ocasión ni el menor ápice de sospecha. Pienso, sinceramente, que es un hombre con una profunda inspiración. ¿Recuerda usted el conocido caso, ocurrido hace seis meses, del caballero que se envenenó por accidente en una farmacia? Pues fue una de sus ideas con menos imaginación y de las menos atrevidas que tuvo nunca y, a pesar de todo, ¡qué sencilla y qué segura!

—Me deja usted estupefacto —dijo el coronel—. Y el pobre caballero… —estaba a punto de decir «fue una de las víctimas», pero se corrigió a tiempo—: ¿era de los miembros del club?

Pero, antes de que respondiera, el coronel se percató del tono que empleaba Malthus en este testimonio, muy lejos de una persona con verdaderos ánimos de morir a tiempo. Así es que continuó:

—Sigo sin enterarme de nada. Habla usted de barajar y repartir las cartas. ¿Por qué tanta satisfacción? Aparte de todo, no creo que tenga usted ninguna gana de morir y, por tanto, si le digo la verdad, no sé cuál es su motivo para que esté usted aquí.

—Tiene razón en decir que no se entera de nada —contestó el señor Malthus con más animación—. Mi querido señor, este club es el templo de la embriaguez. Si mi salud, ya tan debilitada, pudiera aguantar más excitación, puede estar seguro de que vendría aquí con mayor asiduidad. El estricto régimen que tengo inculcado por haber estado enfermo tantos años, que es lo único que me hace llevar las riendas de mi vida, me hace evitar los excesos del club, que, por cierto, es mi única forma de diversión. He probado de todo a lo largo de mi vida, señor —prosiguió, poniendo la mano sobre el brazo de Geraldine—, todo sin excepción, y le doy mi palabra que no existe en el mundo ninguna forma de evasión que no sea falsa o grotesca. Incluso el amor, que tan insistentemente se estima más de lo que vale, es otra falacia mediocre, puesto que en mi opinión nada tiene en relación con una verdadera pasión. La pasión es el miedo, pero no el amor. Ya sé lo que piensa, sí, señor —terminó con una risita—. ¡Soy un cobarde!

Geraldine contuvo a duras penas un gesto de repulsión ante un sujeto tan despreciable, pero, haciendo un esfuerzo por dominarse, siguió con sus preguntas.

—¿Cómo es posible —quiso saber— que la excitación sea tan prolongada tanto tiempo, sobre todo si no hay un elemento de incertidumbre?

—Le diré cómo se elige a la víctima de cada noche —respondió el señor Malthus—, y no únicamente a la víctima sino a su verdugo, el instrumento principal del club que se convierte, por una vez, en el sumo sacerdote de la muerte.

—¡Santo Dios! —exclamó el coronel—. ¿Entonces se matan unos a otros?

—Es la única manera de suprimir los inconvenientes del suicidio —asintió Malthus.

—¡Dios mío! ¿Quiere decir que usted, que yo, que él…, mi amigo, quiero decir, que cualquiera de nosotros, puede ser designado esta noche para matar sencillamente a otro hombre? ¿Es posible que existan tales cosas entre hombres de este mundo? ¡Oh, infamia de infamias!

Estaba a punto de levantarse, horrorizado, cuando observó que, del otro extremo del salón, el príncipe miraba de reojo con el ceño fruncido y expresión de cólera. Geraldine recobró la calma en el acto.

–Al fin y al cabo –se dijo a sí mismo–, ¿por qué no? Y, ya que usted dice que el juego es interesante, *vogue la galére!,* yo estoy con el club.

El señor Malthus había gozado con la inesperada indignación del coronel. Sin duda, era parte de su perversión; le gustaba ver que alguien se dejaba llevar por un impulso generoso mientras él, en su amaestrado vilipendio, se sentía por encima de tales emociones.

–Ahora, pasado el primer momento de impacto –dijo–, es usted capaz de apreciar las delicias de nuestra sociedad. Ya sabe cómo se organiza este clan, y cómo se disfruta de la excitación en la mesa de juego, en qué consiste el duelo y cómo se articula este anfiteatro romano. Los paganos siempre han hecho bien cosas, y admiro sobremanera el refinamiento de sus inteligencias, pero solo un país cristiano podía lograr este extremo, la quimera del placer, este fin liberador. Comprenderá usted qué insípidas resultan todas las diversiones para el individuo que goza del más grande de los desafíos. Nuestro juego es de una total simplicidad. Una baraja completa… Pero veo que ahora mismo pasamos a la acción. ¿Tiene la amabilidad de ayudarme a levantarme? Por desgracia estoy paralizado.

En efecto, en el momento en que el señor Malthus iniciaba su explicación, se abrieron otras puertas plegables y todos los miembros del club empezaron a pasar, no sin cierta prisa, al salón adyacente. La decoración era muy similar a la de la otra habitación, aunque el mobiliario era diferente. En el centro se veía una mesa alargada de tapete verde, en la cual el presidente barajaba un montón de cartas con mucha parsimonia.

El señor Malthus, ayudado por el coronel, caminaba con mucha dificultad, por lo que fueron casi los últimos en tomar asiento. Por lo que respecta al príncipe, esperó a su colega antes de sentarse y, de esa forma, los tres se ubicaron en el extremo inferior de la mesa.

–Es un mazo de cincuenta y dos cartas –susurró el señor Malthus–. El as de espadas es la carta de la muerte y el as de bastos designa al funcionario de la noche. ¡Ah, suerte la de los jóvenes, que tienen buena vista y pueden seguir el juego! Yo ya no distingo un as de una dama al otro lado de la mesa.

Y procedió a ponerse las gafas.

–Por lo menos que vea las caras –dijo.

El coronel explicó rápidamente a su amigo todo lo que el socio honorario le había contado y la horrenda prueba a la que se enfrentaban. El príncipe sintió un enorme escalofrío y una punzada en el corazón, tragó saliva con dificultad y volvió la mirada a todas partes, como desconcertado.

–Si nos jugamos el todo por el todo todavía podemos escapar –dijo en voz baja el coronel.

La sugerencia ayudó a que Florizel recobrara el ánimo.

–¡Silencio! –dijo–. Muéstreme que sabe usted jugar como un caballero, por alta que sea la apuesta.

Y volvió a mirar a su alrededor, de nuevo con aire tranquilo, a pesar de que su corazón le golpeaba el pecho, sintiendo una sensación de calor por todo el cuerpo. Todos aquellos personajes se mantenían muy callados y atentos; todos estaban pálidos, aunque ninguno tan pálido como el señor Malthus. Se le salían los ojos, inclinaba y levantaba bruscamente la cabeza sin darse cuenta, y su expectación era tan abrumadora que no paraba de llevarse las manos a la boca para cubrirse sus labios trémulos y cenizos. Sin duda disfrutaba como ninguno.

–¡Atención, caballeros! –dijo el presidente.

Y empezó a repartir muy despacio las cartas alrededor de la mesa, en dirección contraria a las manecillas del reloj, deteniéndose hasta que cada uno daba vuelta al naipe. Casi todos titubeaban, e incluso se advertían todos los dedos con un nerviosismo brutal, siendo difícil a veces que consiguieran dar la vuelta al tremendo pedazo de cartulina. A medida que se acercaba su turno, el príncipe era consciente de su propia excitación y sofoco; pero algo tenía de jugador y reconoció, casi con asombro, que había cierto placer en aquellas sensaciones. Le tocó el nueve de bastos; a Geraldine el tres de espadas y al señor Malthus, que no pudo reprimir un sollozo de alivio, la reina de corazones. Casi inmediatamente después, el joven de las tartas de crema, volviendo su carta, se encontró el as de bastos, quedándose petrificado de horror con el naipe entre los dedos; su destino era inminente. El príncipe, que siempre miró a este joven con aprecio, casi olvidó el peligro que todavía se cernía sobre él y sobre su amigo.

Otra vez se acercaba el reparto y todavía no había salido la carta de la muerte. Los jugadores contenían el aliento o respiraban jadeando. El príncipe recibió otra carta de bastos; Geraldine, una de oros; pero cuando el señor Malthus volvió la suya, se oyó un ruido espantoso, como de algo que se rompe, que le salía de la boca; se puso en pie y volvió a sentarse, sin la menor señal de su parálisis. Era el as de espadas. El socio honorario había jugado demasiado con sus terrores.

La conversación se reanudó casi en el acto. Los jugadores abandonaron sus poses rígidas y comenzaron a levantarse para volver, en grupos de dos y tres, al salón de fumar. El príncipe estiró los brazos y bostezó, como si hubiera terminado su jornada. El señor Malthus no se había movido de su sitio y estaba, con la cabeza entre las manos y las manos contra la mesa, ebrio e inmóvil, como un objeto roto.

El príncipe y Geraldine se escaparon sin perder tiempo. El aire frío de la noche redobló el horror de lo que habían visto.

–¡Ay! –exclamó el príncipe–. ¡Estar ligado por un juramento en un caso tan deleznable como el que hemos presenciado! ¿Cómo pueden permitir esta práctica, y salir con impunidad como si nada? ¡Es un comercio al por mayor del asesinato! ¡Si me atreviera a romper mi promesa!

–Eso no es posible para su alteza, cuyo honor es el honor de Bohemia –respondió el coronel–. Pero yo sí me atrevo y puedo muy bien romper la mía.

–Geraldine –dijo el príncipe–, si su honor sufriera cualquier perjuicio por culpa de seguirme en estas aventuras, creo que no me lo perdonaría en la vida…

–Estoy a las órdenes de su alteza –dijo el coronel–. ¿Y si nos fuéramos de este maldito lugar?

–Sí. Llame usted a un sirviente, en nombre de Dios, y trataré de olvidar en mis aposentos la deshonra de esta noche.

Pero se debe señalar que, antes de subir al coche, Florizel leyó atentamente el nombre de la calle.

A la mañana siguiente, tan pronto como el príncipe se despertó, el coronel Geraldine le trajo un diario, en el que había señalado el siguiente párrafo:

Lamentable accidente. Esta mañana, aproximadamente a las dos de la madrugada, el señor Bartholomew Malthus, domiciliado en Chepstow Place 16, Westbourne Grove, regresando a su residencia después de pasar la velada en casa de amigos, se cayó del parapeto superior de Trafalgar Square y se fracturó el cráneo, así como una pierna y un brazo. La muerte fue instantánea. En el momento del triste suceso, el señor Malthus iba acompañado de un amigo, que se encontraba a la espera de tomar un coche para su regreso. El señor Malthus era paralítico y se sopesa que la caída fue provocada por un síncope. El desdichado caballero era muy conocido en los círculos más respetables y su desaparición será causa de un profundo pesar por parte de sus amigos y familiares.

–Si alguna vez un alma se fue derecha al infierno –dijo solemnemente Geraldine–, es la de ese paralítico.

El príncipe se cubrió la cara con las manos sin decir palabra.

–Casi me alegra saber que ha muerto –siguió diciendo el coronel–, y confieso que me duele de todo corazón la suerte del joven de las tartas.

–Geraldine –dijo el príncipe–, anoche ese pobre muchacho era tan inocente como usted o yo, y esta mañana lleva en el alma una mancha de sangre. Cuando pienso en el presidente me siento enfermo. No sé cómo lo haré, pero tendré a mi merced a ese canalla, como que lo juro ante Dios. ¡Qué experiencia, qué lección fue ese juego de cartas!

–No debe repetirse nunca –dijo el coronel.

El príncipe estuvo tanto tiempo sin responder que Geraldine se sintió alarmado.

–No piense usted en regresar –dijo–. Ya ha sufrido demasiado y ha experimentado excesivos horrores. Los deberes de su posición le prohíben que vuelva a ponerse en peligro.

–No le falta razón –contestó el príncipe Florizel–, y yo mismo no estoy del todo complacido con mi propia decisión. Bajo las ropas del más grande de los potentados no hay sino un hombre. Nunca como ahora he sido consciente de mi debilidad interior y mi profunda flaqueza y, sin embargo, me supera. ¿Puedo acaso dejar de interesarme por la suerte de ese desgraciado que cenó con nosotros hace unas horas? ¿Puedo permitir que el presidente prosiga sin obstáculos su infame carrera? ¿Iniciar una aventura tan fascinante y no terminarla hasta el final? No, Geraldine; pide usted al príncipe más de lo que puede el hombre. Esta noche volveremos a sentarnos una vez más en la mesa del Club de los Suicidas.

El coronel Geraldine cayó de rodillas.

–¿Quiere su alteza tomar mi vida? –gritó–. Tómela entonces, es suya. Pero no me pida que sea su cómplice en semejante atrocidad; no apoyaré su decisión si es la de arriesgar su corona y su pueblo.

–Coronel Geraldine –respondió el príncipe con cierta altivez–. Su vida es totalmente suya; lo único que le pido es obediencia y, si me la otorga de mala voluntad, dejaré de pedirla. Una palabra más le diré al respecto y es que su empecinamiento por llevarme la contraria es gratuito y molesto.

El caballerizo mayor se alzó en pie enseguida.

–Su alteza –dijo–, ¿puedo quedar libre de servicio esta tarde? No es por cobardía, sino por honor, y no me atrevo a colarme una vez más en esa casa fatal mientras no haya puesto en orden mis asuntos. Le prometo a su alteza que no encontrará más oposición de contrariedad en el más fiel y agradecido de sus servidores.

–Mi querido Geraldine –respondió el príncipe Florizel–, siempre lamento tener que recordarle mi rango. Disponga del día como mejor le parezca, pero venga a buscarme antes de las once con el mismo disfraz.

No hace falta decir que el coronel decidió finalmente acompañarlo, y cuando llegaron él y el príncipe se encontraron con una sala no muy concurrida, apenas con media docena de personas. Su alteza llevó al presidente a un lado y lo felicitó efusivamente por la muerte del señor Malthus.

–Me gusta encontrarme con gente competente y no hay duda de que usted es alguien de gran competencia dijo–. Su profesión es muy delicada, pero veo que es capaz de ejercerla con acierto y discreción.

El presidente se sintió elogiado por tanta dedicación y ánimos, de parte de una persona tan distinguida y educada, y los aceptó casi con humildad.

–¡Pobre Malthus! –dijo–. El club no me parecerá el mismo sin él. La mayoría de mis clientes son muchachos, mi estimado señor, jóvenes poetas a los que estimo aunque escasamente me hacen compañía; pero no era el caso de Malthus, que, por supuesto, también tenía algo de poesía, pero de la clase que yo entiendo.

–Comprendo muy bien que sintiera usted simpatía por el señor Malthus –respondió el príncipe–. Mi impresión es que por encima de todo era una persona muy original.

El joven de las tartas de crema se encontraba en el salón, pero cabizbajo y silencioso. El príncipe y Geraldine trataron en vano de iniciar con él una conversación.

–¡No se imaginan con qué amargura desearía no haberles traído nunca a este lugar infame! –les dijo–. Váyanse ahora, todavía tienen las manos limpias. ¡Si hubieran oído al viejo gritar mientras caía, y el ruido que hicieron sus huesos contra el pavimento! Tengan compasión por un hombre que se ha perdido en las tinieblas y pidan a Dios que esta noche me toque el as de espadas.

Unas cuantas personas más fueron llegando al club, pero los miembros de esa noche no eran tantos como la noche anterior. Por fin, cuando se sentaron en la mesa, Florizel advirtió una vez más cierta alegría en sus alarmas, pero le asombró ver a Geraldine mucho más dueño de sí mismo que la noche anterior. «Es extraordinario –pensó– que el haber hecho, o no, un testamento influya tanto en el ánimo de un hombre joven».

–¡Atención, caballeros! –dijo el presidente, y empezó a repartir.

Las cartas dieron tres vueltas a la mesa sin que saliera ninguno de los naipes señalados. Al comenzar la cuarta vuelta la excitación era abrumadora. Únicamente quedaban algunas cartas para dar una vuelta más a la mesa. El príncipe, que ocupaba el puesto a la izquierda del presidente, debía recibir, en la forma de repartir practicada en el club, la penúltima carta. El tercer jugador recibió un as negro –el as de bastos–. El siguiente recibió una carta de oros, el siguiente una de corazones y aún no había salido el as de espadas. Por último, Geraldine estaba sentado a la izquierda del príncipe, al dar la vuelta a su carta se encontró con un as, pero, afortunadamente, el as de corazones.

Cuando el príncipe Florizel encontró el naipe delante de sí sobre la mesa, se le detuvo el corazón. Aunque era hombre valeroso, el sudor le corría por la cara. Tenía exactamente cincuenta posibilidades sobre cien de estar condenado. Al volver la carta, se encontró con el as de espadas. Una enorme agitación se fundió en su cerebro y la mesa flotó ante sus ojos. Oyó al jugador sentado a su derecha que lanzaba una carcajada, entre la alegría y la decepción; observó que el grupo se dispersaba rápidamente, pero tenía la mente ocupada en otras cosas. Reconoció lo absurdo, lo criminal de su conducta. En perfecto estado de salud y en la flor de la edad, siendo heredero de un trono, había sucumbido ante el juego y destrozado su futuro, el suyo y el de una nación noble y leal.

–¡Dios mío! –exclamó–. ¡Dios me perdone!

Y con esto cesó la confusión que se había apoderado de sus sentidos y un instante después había recobrado el dominio de sí mismo.

Para su sorpresa, Geraldine había desaparecido. No había nadie en la sala de juego, salvo su ejecutor, el presidente, y el joven de las tartas de crema, el cual se deslizó hasta el príncipe para murmurarle al oído:

–Daría un millón, si lo tuviera, por su buena suerte.

Su alteza no pudo dejar de pensar, mientras el joven se alejaba, que hubiera vendido su oportunidad por una suma mucho más moderada.

La conferencia, que se llevara a cabo en susurros, tocaba a su fin. El jugador del as de bastos dejó la sala con una mirada de inteligencia y el presidente vino hacia el infortunado príncipe con la mano tendida.

–Me alegro de haberle conocido, señor –dijo–, y me felicito de prestarle este pequeño servicio. Por lo menos no se quejará usted de la demora. La segunda noche, ¡qué suerte increíble!

El príncipe trató de articular una respuesta, pero tenía la boca seca y la lengua como paralizada.

–¿Se siente algo indispuesto? –preguntó el presidente, con actitud solícita–. Le ocurre a la mayoría de los caballeros. ¿Una gota de brandy?

El príncipe asintió y el otro sirvió de inmediato algo de licor en un vaso.

–¡Pobre Malthus! –exclamó el presidente mientras el príncipe bebía–. Bebió casi un litro y no parece que le hiciera el menor efecto.

–Yo no soy tan reacio al tratamiento –dijo el príncipe, muy reanimado–. Ya estoy otra vez tranquilo como bien puede usted darse cuenta. ¿Quiere decirme cuáles son mis instrucciones?

–Vaya por la acera izquierda del Strand, en dirección de la City, hasta que encuentre al caballero que acaba de dejar la sala. Él le dará nuevas instrucciones, que tendrá usted la bondad de obedecer; esta noche, él asume la autoridad del club. Y ahora –terminó diciendo– le deseo lo mejor y, ante todo, un agradable paseo.

Florizel contestó con cierto desaire y se despidió. Atravesó el salón de fumar, donde la mayoría de los jugadores seguían bebiendo champán, que en parte había pedido y pagado él mismo, y se sorprendió de maldecir sus almas con rabia, desprecio y hasta recelo. En el despacho se puso el sombrero y el abrigo y tomó su paraguas de un rincón. Lo familiar de estos actos, y la idea de que los llevaba a cabo por última vez, le hizo lanzar una carcajada que sonó ásperamente en sus oídos. Le repugnaba dejar el despacho y se volvió a la ventana. Las lámparas y la oscuridad de la calle hicieron que volviera en sí.

–Bueno, bueno –se dijo–, debo portarme como un hombre y salir ahora mismo.

En la esquina de Box Court tres hombres cayeron sobre el príncipe Florizel, metiéndolo sin preámbulos en un coche que partió en el acto. En el interior ya había una persona.

–¿Me perdonará su alteza esta muestra de protección? –preguntó una voz conocida.

El príncipe se arrojó al cuello del coronel en un paroxismo de alivio.

–¿Cómo podré agradecérselo? –exclamó–. ¿Y cómo es posible este desenlace?

Aunque había estado dispuesto a afrontar su suerte, se sentía encantado de ceder ante una amistosa violencia que le devolvía la vida y la esperanza.

–Si quiere agradecérmelo, me basta que no se exponga en el futuro a peligros como el vivido esta noche –respondió el coronel–. En cuanto a su segunda pregunta, todo se ha hecho con los medios más sencillos. Esta tarde me puse de común acuerdo con un famoso detective. Por supuesto, guardará el secreto, un secreto por el cual he pagado. Los participantes han sido, sobre todo, sus propios servidores. La casa de Box Court está rodeada desde el atardecer y este coche, que es uno de los suyos, estaba esperando aquí desde hace casi una hora.

–Y el miserable que debía matarme, ¿qué es de él? –quiso saber el príncipe.

–Fue atrapado en cuanto salió del Club y ahora espera su sentencia en el palacio, donde no tardarán en reunirse con él sus cómplices.

–Geraldine –dijo Florizel–, me ha salvado usted, desobedeciendo mis órdenes expresas, y ha hecho bien. No solo le debo la vida, sino también una lección, y no sería digno de mi rango si no me mostrase agradecido a mi maestro. Decida usted lo que debe hacerse.

Hubo una pausa, durante la cual el coche siguió corriendo por las calles y los dos amigos se sumieron en sus reflexiones. De nuevo, el coronel, rompió el silencio.

–Su alteza dispone ahora de un número considerable de prisioneros –dijo–. Entre ellos hay por lo menos un criminal al que debe hacerse justicia. Nuestro juramento nos impide recurrir a la ley, e incluso sin juramento no lo aconsejaría la prudencia. ¿Puedo saber las intenciones de su alteza?

–Está decidido –respondió Florizel–. El presidente debe morir en un duelo. Solo queda elegir a su adversario.

–Su alteza me ha permitido que señale mi propia recompensa –dijo el coronel–. ¿Me permite pedirle que nombre a mi hermano? Es una misión honorable, y me atrevo a asegurar a su alteza que el muchacho se portará bien.

–Me pide usted un favor muy ingrato –dijo el príncipe–, pero no puedo negarle nada.

El coronel le besó la mano con el más afectuoso gesto de amistad, y en ese momento el coche pasó bajo los arcos de la espléndida residencia del príncipe.

Una hora más tarde Florizel, en traje de ceremonia y cubierto de todas las órdenes y condecoraciones de Bohemia, recibió a los miembros del Club de los Suicidas.

–Hombres necios y malvados –les dijo–, aquellos de ustedes que han llegado hasta estos extremos por la falta de fortuna, recibirán de mis oficiales empleo y remuneración. Aquellos que sufren por sus culpas tendrán que dirigirse a un potentado más alto y poderoso que yo. Todos ustedes me inspiran una compasión más profunda de la que pueden imaginarse; mañana me contarán sus historias y, cuanto mayor sea su franqueza, más capaz seré yo de poner remedio a sus desgracias. En cuanto a usted –añadió, volviéndose al presidente–, no haría sino ofender a una persona de sus merecimientos si le ofreciera mi ayuda; en cambio, tengo una pequeña diversión que proponerle. Aquí –dijo, poniendo la mano sobre el hombre del hermano menor del coronel Geraldine– hay uno de mis oficiales que desea hacer un pequeño viaje por Europa y le pido a usted, como un favor, que lo acompañe en su excursión. ¿Sabe usted servirse de una pistola? –prosiguió cambiando de tono–. Es una práctica que a veces puede servir para las necesidades de uno. Cuando dos hombres viajan juntos, más vale estar preparado para todo. Permítame añadir que, si acaso perdiera al joven por el camino, siempre tendré a su disposición algún otro miembro de mi casa; y se me conoce, señor presidente, por tener buena vista y el brazo largo.

Con estas palabras, dichas con gran severidad, el príncipe puso fin a su discurso. A la mañana siguiente los miembros del club fueron rescatados por su munificencia, y el presidente emprendió sus viajes, bajo la supervisión del hermano de Geraldine y de un par de fieles y hábiles ayudas de cámara, debidamente adiestrados en la casa del príncipe. Como si no bastara, unos cuantos agentes de confianza tomaron posesión del local de Box Court y todas las cartas y visitantes del Club de los Suicidas o de sus dirigentes fueron examinados personalmente por el príncipe Florizel.

2

Historia del médico y del baúl mundo

El señor Silas Q. Scuddamore era un joven norteamericano de carácter afable, sencillo y algo inofensivo, atributos doblemente merecedores de respeto y atención, pues había nacido en la Nueva Inglaterra, provincia del Nuevo Mundo que no es precisamente famosa por esas cualidades. A pesar de tener en sus arcas la posesión de una gran fortuna, llevaba la contabilidad de todos sus gastos de forma escrupulosa, apuntando en una pequeña libreta todas sus transacciones por pequeñas que fueran. Ahora llegaba a París y se instalaba en el séptimo piso de un hotel amueblado en el Barrio Latino. Su templanza no pasaba inadvertida, rasgo más propio de la educación que de su innato temperamento; pero si algo era verdaderamente excepcional en su persona era, por encima de todo, su timidez, su juventud y, en cierto modo, hasta la inocencia. En el cuarto piso vivía su vecina, una señora sin duda pintoresca por su propio atractivo natural, sus ropas elegantes y, en definitiva, sus buenos modales; de hecho, nada más llegar al hotel, aquel joven pensó que se trataba de una condesa. Después, pasado un tiempo, supo que el nombre de aquella mujer era el de madame Zéphyrine, e independientemente de cuál fuera su condición en la vida, no era desde luego ninguna aristócrata. Madame Zéphyrine, probablemente con intención de atraer al joven norteamericano, bordeaba la barandilla de las escaleras, no muy lejos de su lado, con graciosas inclinaciones y miradas provocativas. Luego, desaparecía en medio de un susurro de sedas, no sin antes haber revelado con donaires de sutileza un pie o un tobillo, aunque siempre de forma discreta. Era el arte de la seducción en persona, y aquella coquetería, lejos de cautivar al señor Scuddamore, provocaba en el joven cierta depresión y tristeza. La dama se presentó ante él en varias ocasiones, para pedirle fuego o excusarse de los estragos imaginarios causados por su perrito, pero en ningún caso el joven pudo abrir la boca ante la presencia de aquella mujer madura y con ese prurito de superioridad tan acentuado; olvidaba repentinamente el francés que sabía y quedaba absorto ante la fémina, tartamudeando y sin articular una frase con sentido. Lo escaso de su relación, por otro lado, no fue impedimento para vociferar ante algunas compañías masculinas sus fantasías en cuanto a las conquistas amorosas. Y así, cuando se sentía seguro ante su mismo género, salía vanaglorioso con declaraciones e insinuaciones jactanciosas.

Del otro lado del cuarto del joven norteamericano –en el hotel había tres habitaciones por piso– vivía un médico inglés de reputación algo dudosa. El doctor Noel, que así se llamaba, se había visto obligado a dejar Londres, lugar en el que dispuso de una clientela importante y prolongada durante bastante tiempo. Según su testimonio, el cambio de residencia se debía, en parte, a las instigaciones de la policía. El caso es que el médico, profesional que en otro tiempo había gozado de buena posición, vivía ahora inmerso en una triste soledad y con mucha sencillez en el Barrio Latino, dedicando gran parte de su tiempo al estudio. El señor Scuddamore había trabado relación con él y de cuando en cuando cenaban juntos en un modesto restaurante, situado al otro lado de la calle.

Silas Q. Scuddamore, a pesar de ser una persona respetable y con cierta dignidad, no estaba exento de pequeños vicios, y ni siquiera su timidez y delicadeza le impedían sucumbir a ellos y, lo que es peor, de maneras que pueden considerarse discutibles. La más grave de sus debilidades era la curiosidad. Había nacido chismoso e incluso, a veces, esclavo del cotilleo; pero lo que más curiosidad le producía eran todos los aspectos en los que carecía de experiencia, la cual dejaba mucho que desear teniendo en cuenta su edad. A veces, sus incesantes preguntas lo volvían impertinente, y ponía tanta tenacidad en sus averiguaciones que resultaba excesivamente indiscreto y hasta antipático. Llegaba a tales extremos que más de una vez fue sorprendido curioseando una carta ajena y observando sus detalles con detenimiento. Y lo peor fue cuando encontró un hueco en el tabique que separaba su cuarto del de madame Zéphyrine; encontró un punto de mira que fue su mayor tesoro, y lo agrandó de tal manera que le permitiera espiar la vida privada de su vecina.

Un día de finales de marzo, su curiosidad se disparó de tal forma que decidió agrandar todavía más el hueco del tabique para observar a su vecina y, así, incluir en el campo de visión toda la habitación. Aquella tarde, al ponerse a inspeccionar los movimientos de madame Zéphyrine, se sorprendió al advertir que el agujero estaba tapado del otro lado y creyó morirse de vergüenza cuando, de pronto, alguien retiró el obstáculo mientras llegaba a sus oídos una risita burlona. Sin duda, había sido descubierto, y sus hazañas de espionaje quedaban castigadas con la vergüenza a la que ahora se veía sometido. El señor Scuddamore se sintió humillado y condenó sin piedad a madame Zéphyrine; sin embargo, aunque hasta se censuró a sí mismo, al día siguiente, al comprobar que su vecina era indiferente a este pasatiempo, e incluso advirtiendo que no se había sellado el agujero, aprovechó la coyuntura para seguir satisfaciendo su vana curiosidad.

Al otro día, madame Zéphyrine recibió, durante un buen rato, la visita de un hombre alto y desgarbado, de cincuenta años o más, al cual Silas no había visto jamás. Por el traje de *tweed* y la camisa de una tonalidad característica, así como por las gruesas patillas, denotaba su nacionalidad británica. No es que fuera un hombre extraño por alguna característica en concreto, pero lo cierto es que infundió en Silas una vaga sensación escalofriante. La conversación que mantuvieron se basó en leves murmullos, y durante toda su estancia aquel individuo no paró de hacer muecas con la boca, retorciendo sus mandíbulas y gesticulando de una extraña forma. Silas intentó rescatar el significado de sus gestos, pero lo único que esclareció de forma clara fue lo que dijo el visitante en voz alta y como respondiendo a una contrariedad. Y lo que dijo fue lo siguiente:

–He estudiado sus gustos con el mayor cuidado –decía el inglés– y le afirmo y repito que usted es la única mujer de esa clase con la que puedo contar.

Madame Zéphyrine contestó con un suspiro e hizo un gesto de resignación, como alguien que sucumbe ante una autoridad indiscutible.

Esa tarde, el observatorio quedó clausurado definitivamente por un ropero que cambió de sitio en el otro cuarto. Silas quedó fastidiado con aquel cambio resolutivo, atribuyendo la modificación a una sugerencia suspicaz del inglés; al rato, la portera le trajo un sobre escrito con letra femenina. Era una carta sin firma, escrita en un francés de ortografía mediocre y no muy rigurosa, en la que se invitaba al joven norteamericano, en los términos más alentadores, a que se presentase en cierto lugar del Baile Bullier a las once de la noche. La curiosidad y la timidez lucharon durante largo rato, aquella contradicción demoró la decisión de Silas. Por un lado, apelaba en silencio a una actitud virtuosa, y apenas había decidido obrar con discreción y modestia, el atrevimiento se apoderaba de él y quedaba fascinado de lo que pudiera averiguar esa noche. Pero la conclusión estaba decidida, y antes de las diez se presentó vestido con suma elegancia en el salón de Baile Bullier; pagó su entrada y esperó con la excitación de un adolescente a su cita.

Se celebraba en esos días el carnaval, el Baile estaba muy concurrido y había un gran bullicio. Tanto las luces como la multitud desconcertaron a nuestro joven aventurero, pero esa confusión fue decreciendo luego a medida que pasaba el tiempo. Después de un rato, se sintió decidido y lleno de coraje, incluso hubiera sido capaz de desafiar al mismísimo demonio; con aires de caballero valiente, estuvo un rato pavoneándose por los salones como un hombre seguro de sí mismo. Mientras paseaba, divisó a madame Zéphyrine y al inglés, estaban conversando detrás de una columna. No podía postergar por más rato aquella incertidumbre, así que con el mayor disimulo fue acercándose más y más a la pareja hasta que pudo escuchar lo que decían.

–Allí está –decía el inglés–, el rubio de pelo largo que está hablando con la muchacha del vestido verde.

Silas identificó a la persona señalada, un joven muy atractivo, aunque de baja estatura.

–Muy bien –dijo madame Zéphyrine–. Haré lo posible, pero recuerde que hasta las personas más eficaces, y yo me incluyo, a veces fallamos.

–¡Nada, nada!; yo respondo del resultado –le contestó su compañero–. ¿No la he elegido a usted entre treinta personas? No obstante, tenga cuidado con el príncipe. ¡No sé por qué tiene que estar aquí precisamente esta noche! ¿Es que no hay en París una docena de bailes más adecuados para su rango que estos escándalos de estudiantes y tenderos? Mire y atienda a sus gestos, empotrado en su trono, con ese aplomo de emperador reinante, pero ¿qué hacen los príncipes en vacaciones?

Silas siguió sus miradas hasta ubicar a los susodichos. Observó a un hombre de fuerte contextura, notablemente bien plantado y con la prestancia emblemática de un personaje de alto rango; estaba sentado con otro joven apuesto, varios años menor, que se dirigía a él con claras muestras de cortesía. El título de príncipe sonó con gratitud en sus oídos republicanos, y el encanto de la mujer obró de forma recíproca en los ojos del príncipe. Dejó a madame Zéphyrine y el inglés pendientes el uno del otro y, abriéndose paso entre la gente, se acercó a la mesa que el príncipe y su confidente habían honrado con su elección.

–Le repito, Geraldine, que se trata de una locura –decía el primero–. Usted mismo, y así se lo recuerdo, eligió a su hermano para una misión sumamente peligrosa, y es su deber vigilarlo. Ha aceptado demorarse unos días en París, lo cual es una imprudencia, teniendo en cuenta el carácter del hombre al que se enfrenta. Ahora que estamos a cuarenta y ocho horas de la partida, a dos o tres días de la prueba decisiva, dígame usted: ¿este es el lugar donde pasar el tiempo? Tendría que estar en una galería de tiro, practicando sin descanso, durmiendo sus ocho horas y haciendo un poco de ejercicio; todo ello sin contar con una dieta estricta, sin vinos blancos ni brandy. ¿Qué se ha creído este mozo, que representamos todos una comedia? La cosa es mucho más seria, Geraldine.

–Conozco perfectamente bien a mi hermano, y creo más oportuno no intervenir –dijo el coronel Geraldine–; y, sinceramente, tengo motivos de sobra como para no alarmarme. Es más prudente de lo que usted piensa y goza de un coraje y valor por encima de cualquier apreciación. No me inquieta en absoluto dejar en sus manos y en la de sus compañeros al presidente.

–Me alegro de oírselo decir, pero no me siento tranquilo –respondió el príncipe–. Mis hombres son espías bien adiestrados y el bribón se les ha escapado de las manos en dos ocasiones para dedicar unas horas a sus propios asuntos, sin duda peligrosos. Cualquier aficionado, sin duda, hubiera perdido su pista por falta de adiestramiento, pero si Rudolph y Jerome no han logrado seguirle el rastro ha sido con toda probabilidad porque así lo ha querido ese miserable, porque no se puede ignorar su habilidad y astucia para lo que quiere.

–Creo que ahora la cuestión está entre mi hermano y yo –dijo Geraldine en tono ligeramente ofendido.

–Así permito que sea, coronel Geraldine –replicó el príncipe Florizel–. Y por esa misma razón, usted debiera aceptar con mejor voluntad mis consejos. Pero ¡basta! Esa chica de amarillo baila maravillosamente.

Y la conversación pasó a los temas usuales en un salón de baile en París y en carnaval.

Silas recordó por qué estaba allí, y bien supo que estaba a punto de cumplirse la hora exacta de la cita. En aquel momento, la multitud empujó su cuerpo hacia la puerta, dejándose llevar sin oponer resistencia. Y ahí quedó en una esquina bajo la galería, donde de pronto reconoció la voz de madame Zéphyrine. Hablaba en francés con el joven de la cabellera rubia que el extraño inglés le había señalado no hacía aún media hora.

–Tengo que pensar en mi buen nombre –le decía– a pesar de las condiciones que me pide el corazón. Basta que se lo diga al portero y le dejará pasar sin una palabra más.

–Pero ¿para qué hablar de una deuda? –quería saber el joven.

–¡Santo cielo! ¿Cree usted que no conozco mi propio hotel?

Y se alejaron, ella colgada muy afectuosamente del brazo de su acompañante.

Aquella escena hizo que Silas recordara su carta.

«Dentro de diez minutos –pensó– puedo estar en compañía de una mujer tan bella como ella y hasta mejor vestida; una verdadera dama, tal vez una verdadera aristócrata».

Pero le vino a la memoria la ortografía de la carta y se sintió algo descorazonado.

–Tal vez la escribiera su criada –se imaginaba.

En el reloj faltaban solo unos minutos para la hora, y la impaciencia hizo que el corazón le latiera con intemperancia, sensación más bien desagradable. Se dijo con alivio que no estaba de ninguna manera obligado a presentarse. La virtud y la cobardía iban a la par y, una vez más, Silas se dirigió a la puerta, ahora por voluntad propia y oponiéndose al gentío que se movía en dirección opuesta. Tal vez la prolongada espera acabó por decepcionar su esperanza, e incluso en ese estado de ánimo tan fatigado bastó que una determinación durara unos minutos para que se produjese una reacción y un propósito opuestos. Por último, dándose la vuelta por tercera vez, ya no se detuvo hasta ocultarse a unos pasos del lugar de la cita.

Estaba verdaderamente angustiado, y rezó varias veces para que Dios le ayudara, pues Silas había sido educado devotamente. No tenía la menor gana de acudir a la cita; lo único que le impedía huir era la estúpida idea de dejar su nombre manchado por la cobardía, pero ello bastaba para contrarrestar las demás razones y, aunque no se echaba a correr de una vez, tampoco se decidía a avanzar. Por último, advirtió en el reloj que habían pasado diez minutos de la hora. Empezó a cobrar aliento; miró de reojo y no vislumbró a nadie en el lugar de la reunión; su corresponsal desconocida debía haberse marchado, cansada de esperar. De pronto, Silas despertó su audacia superando la timidez de apenas unos minutos antes. Le parecía que si llegaba a la cita, aunque tarde, no se le podría acusar de cobardía. Ahora sospechaba que le habían gastado una broma y se felicitó de su astucia, porque afortunadamente desconfió y no fue objeto de burla por parte de los timadores. ¡Qué cosa tan vana es el espíritu de un muchacho!

Reanimado por estas reflexiones, salió valerosamente de su rincón y no había dado dos pasos cuando alguien le puso una mano sobre el brazo. Al volverse, encontró a una señora muy alta y de una ampulosidad exagerada; lo miraba con mucha serenidad, sin severidad ninguna.

–Veo que es usted un seductor muy seguro de sí mismo –dijo la señora–; se ha demorado diez minutos. Pero estaba decidida a venir a este encuentro. Cuando una mujer comete la imprudencia de dar el primer paso, deja atrás todas las pequeñas consideraciones de orgullo.

Silas se sintió abrumado por la altura y los encantos de aquella mujer, por no mencionar la manera tan repentina de acercarse a él. Sin embargo, ella no tardó en templar su inquietud con sus modales afables y tolerantes; animaba constantemente a que hiciera bromas, que luego aplaudía con entusiasmo. En muy poco tiempo, entre estas atenciones y un uso muy generoso de brandy caliente, no solo logró convencer al joven de su reciente enamoramiento, sino que también desató sus declaraciones en cuanto a la pasión que procesaba.

—¡Ay! —exclamó la señora—. No sé si debo lamentar este momento, por grande que sea el placer que me alientan sus palabras. Hasta ahora, yo era la única que sufría; en adelante, mi pobre muchacho, seremos dos. No soy dueña de mis actos. No me atrevo a invitarle a mi casa, lugar en el que muchos ojos celosos me acechan. Vamos a ver —siguió diciendo—, yo soy mayor que usted, aunque sea mucho más débil, y, si bien confío en su valor y determinación, debo recurrir a mis conocimientos del mundo en beneficio de los dos. ¿Dónde vive usted?

Silas le contestó que en un hotel amueblado e indicó la calle y el número.

Ella pareció meditar unos minutos, parecía que estaba haciendo un enorme esfuerzo mental.

—Ya veo —dijo por fin—. Será usted fiel y obediente, ¿no es cierto?

Silas juró ansiosamente su fidelidad.

—Mañana por la noche, entonces —siguió diciendo ella, con una sonrisa alentadora—, se quedará usted en casa y, si viene cualquier visita que reciba, la despedirá con cualquier pretexto que se le ocurra. ¿La puerta del hotel se cierra a las diez?

—A las once.

—Salga usted a las once y cuarto. Llame para que vengan a abrirle la puerta y, lo más importante, no se ponga a conversar con el portero, porque echaría todo a perder. Vaya directamente a la esquina del Jardín de Luxemburgo y del bulevar; allí estaré atenta a su llegada. Confío en que siga mis instrucciones escrupulosamente. Recuerde que si omite el menor detalle traerá desgracias sin razón alguna a una mujer cuyo único fallo es haberse enamorado de usted.

—No veo para qué sirven todas esas instrucciones —observó Silas.

—Me parece que ya empieza usted a tratarme como mi dueño y señor —exclamó la señora, dándole con el abanico un golpecito en el brazo—. ¡Paciencia, paciencia! Ya lo entenderá. A las mujeres nos gusta que se nos obedezca al principio, de la misma forma que luego, posteriormente, nuestro mayor goce está en obedecer. Haga como le he dicho, por amor del cielo, o no respondo de nada. Más aún, ahora que lo pienso —agregó, como si hubiera resuelto una dificultad—, tengo un plan mejor para evitar todo visitante importuno. Dígale al portero que no deje entrar a nadie que pregunte por usted, a excepción de una persona que puede venir esa noche a cobrar una deuda; hable con cierta emoción, como si temiera la visita, de modo que tome en serio sus palabras.

–Creo que el final sobra, ¿no piensa que puedo perfectamente yo solito protegerme de intrusos? –dijo él, un poco resentido.

–Así es como prefiero que se hagan las cosas –respondió ella con frialdad–. Conozco perfectamente a los hombres, e ignoran por completo la fama de cualquier mujer.

Silas enrojeció y quedó algo deprimido; en la aventura que se le avecinaba había contado ya entre sus logros y expectativas jactarse en público de sus fechorías nocturnas y sus poderes seductores.

–Y recuerde, no hable con el portero al salir –insistió ella.

–¿Y por qué? De todas sus instrucciones me parece la menos importante.

–También dudaba al principio de las demás y ahora bien sabe que son muy necesarias. Hágame caso, todo lo que indico tiene su utilidad; ya lo verá a su debido tiempo. ¿Qué puedo pensar de nuestro afecto si me niega usted algo tan insignificante en nuestra primera cita?

Silas estaba confuso de tantas extrañas explicaciones y disculpas, y de pronto ella levantó la vista al reloj y lanzó un grito repentino mientras se levantaba con denotada inquietud.

–¡Dios mío! ¿Tan tarde es? No puedo perder un segundo. ¡Ay, qué esclavas somos nosotras, las pobres mujeres! ¡Cuántos riesgos he corrido ya por usted!

Y tras repetirle sus instrucciones a Silas, al mismo tiempo que le propinaba suaves caricias y miradas tiernas, le dijo adiós y desapareció entre la multitud.

Durante todo el día siguiente, Silas se sintió poseído de un gran sentimiento de importancia; estaba convencido de que la señora era una condesa y, al llegar la noche, siguió minuciosamente sus instrucciones y se presentó a la hora indicada en la esquina del Jardín de Luxemburgo. No había nadie. Esperó casi durante media hora, inspeccionando el rostro de todos los transeúntes y noctámbulos de los alrededores; recorrió las esquinas próximas del bulevar y hasta llegó a dar toda la vuelta completa alrededor de las rejas del Jardín; pero nada, no encontró a ninguna hermosa condesa que se arrojara en sus brazos. Finalmente, emprendió de muy mala gana el regreso al hotel. Por el camino pensó en las palabras que cruzaron madame Zéphyrine y el joven rubio, y le inspiraban una vaga inquietud.

–Parece que todos hemos de mentir al portero –se decía.

Tiró de la campanilla del hotel, se abrió la puerta y apareció el portero, en camisa de noche, transportando una lamparilla.

–¿Se ha ido? –preguntó el portero.

–¿Quién? ¿Qué quiere usted decir? –respondió Silas con brusquedad, pues su decepción era infinita al igual que su curiosidad fatal.

—No pude verlo salir, pero espero que le haya pagado usted —siguió diciendo el otro—. En esta casa no nos gustan los inquilinos que no pagan sus deudas.

—¿Qué demonios dice usted? No entiendo una palabra.

—El joven rubio que vino a propósito de su deuda contraída, es lo que estoy diciendo —contestó el portero—. ¿Qué otra cosa podía ser, si usted mismo me dijo que no entrase nadie más?

—¡Dios santo! ¡Si no ha venido nadie!

—Yo creo lo que creo —dijo el portero, con una expresión burlona de picardía.

—Es usted un absoluto insolente —gritó Silas, y dándose cuenta de que había hecho el ridículo con su brusquedad, y temiendo a un tiempo tantas alarmas, dio media vuelta y echó a correr escaleras arriba.

—¿No quiere una luz, entonces? —gritaba el portero detrás de él.

Pero Silas no hizo sino subir más deprisa y solo se detuvo al llegar al séptimo piso, delante de su propia puerta. Aquí esperó un instante para recobrar el aliento, preso de todo tipo de oscuras inquietudes y casi con miedo de entrar en su habitación.

Cuando por fin entró, observó con alivio que la luz estaba apagada y que, al parecer, no había nadie. Respiró profundamente. Aquí estaba otra vez, en la seguridad de su casa, y, desde luego, la que había sido su primera locura sería también, sin lugar a dudas, la última. Había guardado las cerillas en una mesita al lado de la cama y avanzó a ciegas en esa dirección. Mientras se movía volvió a sentirse inquieto y cuando su pie tropezó con un obstáculo se serenó al comprobar que no era nada más alarmante que una silla. Al cabo de un tiempo, intentó tantear las cabeceras de la cama. Por la posición de la ventana, que casi no se veía en la penumbra, comprendió que estaba al pie de la cama y que solo tenía que seguir a tientas hasta la mesa.

Bajó la mano, pero lo que tocó no fue únicamente la colcha, sino la colcha con algo debajo, que parecía tener la forma de una pierna humana. Silas retiró el brazo y durante un momento quedó petrificado.

«¿Qué puede significar todo este asunto?», pensaba.

Escuchó atentamente, pero no se oía ningún ruido de respiración. Una vez más, haciendo un gran esfuerzo, puso la punta del dedo en el mismo lugar que había tanteado antes, pero esta vez saltó medio metro hacia atrás y quedó temblando y paralizado de terror. Desde luego que había algo en la cama, no sabía lo que podía ser, pero había algo.

Pasaron unos instantes antes de que lograra movilizarse, y luego, siguiendo su propio instinto, logró unas cerillas y, dando la espalda a la cama, encendió una vela. En cuanto ardió la llama puso todo su cuidado en dar la vuelta muy despacio para comprobar lo que tanto lo aterraba; y, en efecto, sus temores se convirtieron en realidad. La sobrecama estaba cuidadosamente extendida sobre la almohada, pero debajo se adivinaba la silueta de un cuerpo humano inmóvil. Silas se precipitó hacia adelante y, al echar a un lado las mantas, reconoció al joven rubio que había visto en el Baile Bullier la noche anterior, ahora con los ojos abiertos de par en par y sin vida, la cara hinchada y negra, y un finísimo hilo de sangre que le salía de la nariz.

Silas lanzó un largo y trémulo gemido, dejó caer la vela que llevaba en las manos y se desplomó de rodillas junto a la cama.

Unos golpes insistentes, pero sin escándalo, en la puerta sacaron al joven de su estupefacta situación. Estaba horrorizado ante lo que acababa de descubrir. Se tomó unos segundos para volver en sí y cuando trató de impedir la entrada ya era demasiado tarde. El doctor Noel, provisto de un enorme gorro de dormir, portaba en su mano una lamparilla que reflejaba sus blandas y anglosajonas facciones. Cuando entró, miró en el interior de la habitación, avanzando con movimientos de felino hasta el centro de la habitación; tenía la cabeza inclinada a un lado, y le confería un aspecto ridículo y burlesco.

–Me pareció oír un grito –dijo– y, pensando que se sentía usted mal, no he dudado en permitirme esta intrusión.

Silas, con la cara que le ardía y el corazón en la boca, se mantenía entre el doctor y la cama, pero le faltaba voz para responder.

–Está usted a oscuras –siguió el doctor– y ni siquiera ha empezado a desvestirse. No le será fácil negar lo que veo con mis propios ojos, y su rostro plasma con toda elocuencia una verdad: requiere usted de un amigo, y en última instancia de un médico. ¿Cuál de los dos será? Voy a tomarle el pulso, es lo mejor para reconocer el funcionamiento del corazón.

Avanzó hacia Silas, que se retiraba retrocediendo sin parar, y trató de cogerle la muñeca, pero los nervios del joven norteamericano estaban en un estado de tanta tensión que ya no lo pudo soportar más. Esquivó al doctor con un movimiento febril y, arrojándose al suelo, se echó a llorar a lágrima viva.

Tan pronto como el doctor Noel se percató del muerto sobre la cama, su semblante se oscureció y, corriendo a la puerta que había dejado entreabierta, la cerró de un golpe y echó la llave.

–¡De pie! –gritó, dirigiéndose a Silas con voz estridente–. No es el momento de lamentos y lloros. ¿Qué ha hecho usted? ¿Cómo ha llegado hasta aquí ese cadáver?

Hable con sinceridad si quiere que le preste mi ayuda. ¿Se imagina acaso que estoy en contra suya? ¿Piensa que ese cadáver cambia en algo la simpatía que me inspira? Joven crédulo, el horror con que una ley ciega e injusta ajusticia los actos del prójimo no es extensivo para las personas con afectos verdaderos. Bien podría ser testigo de cómo un joven amigo vuelve a mi regazo envuelto en sangre, y en absoluto cambiarían mis sentimientos. Levántese –siguió diciendo–, el bien y el mal son una quimera; en la vida no hay sino el destino y, cualquiera que sean las circunstancias, tiene usted a su lado alguien que le prestará ayuda hasta el final.

Gracias a estas palabras de aliento, Silas consiguió dominarse y, con voz quebrada y tono de pesadumbre, ayudado por las preguntas del doctor, pudo dominar finalmente su tensión e inseguridad. Le puso al corriente de todo lo sucedido, aunque no dijo ni una palabra de la conversación entre el príncipe y Geraldine, pues no la entendió plenamente, además de que no pensó que tuviera alguna relación con su propia desgracia.

–¡Ay! –exclamó el doctor Noel–. O mucho me equivoco o ha caído usted inocentemente en las manos más temibles de Europa. ¡Pobre muchacho, a qué abismo está expuesto por su inocencia y simplicidad! ¡A qué peligro mortal se ha condenado sin darse cuenta! Ese hombre, el inglés que vio en un par de ocasiones, me temo que es el motor de toda esta intriga: ¿era joven o viejo? ¿Alto o bajo? ¿Cuál es su descripción?

Pero Silas, a pesar de su curiosidad, fue incapaz de ajustarse a una descripción con determinada coherencia, y no hizo otra cosa que responder vaguedades inservibles para reconocer a nadie.

–¡Pondría yo un curso obligatorio en todas las escuelas! –dijo el doctor, enojado–. ¿De qué sirve tener los cinco sentidos desarrollados si uno no es capaz de observar y recordar las facciones de sus semejantes? Yo, que conozco todas las bandas criminales de Europa, hubiera podido identificar a su enemigo y facilitarle nuevas armas para su defensa. En el futuro, mi pobre muchacho, cultive el arte de la observación, que puede serle de gran utilidad.

–¡El futuro! –repitió Silas–. ¿Qué futuro me queda, como no sea la horca?

–La juventud es una edad pusilánime, y usted, un cebo fácil para la desdicha –contestó el doctor–; y los problemas parecen siempre más pesados e infranqueables de lo que verdaderamente son. Se lo digo yo, que ya soy viejo.

–¿Puedo contarle esta historia a la policía? –quiso saber Silas.

–Por supuesto que no. Por lo que veo, está expuesto a las más rancias y maquiavélicas tramas, y nada puede esperar de las autoridades por el momento; para la visión estrecha de miras de la policía usted sería, de todas maneras, culpable. Recuerde además que solo conocemos un segmento de toda esta conspiración. Sin duda, los infames que han organizado este engranaje habrán preparado minuciosamente otros detalles que lo delatarán en una investigación policial. Terminarán por echarle a usted toda la culpa, por más inocente que sea.

–¡Entonces estoy perdido! –concluyó Silas.

–¿Quién ha dicho semejante afirmación? –respondió el doctor–. Le digo que hay que obrar de otro modo.

–¡Mire usted! –insistió Silas, señalando el cadáver–. Aquí está esa cosa, sobre mi cama, y no es posible explicarlo, ni hacerlo desaparecer, ni mirarlo sin horror.

–¿Horror? –dijo el doctor Noel–. No. Cuando un reloj deja de funcionar, no es sino un mecanismo ingenioso que puede estudiarse con el bisturí. La sangre humana fría y estancada ya no es sangre humana; muere la carne y deja de ser la carne que hemos deseado en nuestras amantes y respetado en nuestros amigos; la gracia, la atracción y el terror abandonan el cuerpo junto con el espíritu que lo animaba. Serene su ímpetu y domine su terror, examine el cadáver con calma, pues si puedo llevar a cabo mi plan, tendrá que convivir usted unos días al lado de esta cosa que ahora tanto le repugna y horroriza.

–¿Su plan? –dijo Silas–. ¿Qué plan? Dígamelo ahora mismo, doctor, que apenas encuentro valor para seguir viviendo.

El doctor Noel, sin responderle, fue hasta la cama y se puso a examinar el cadáver.

–Muerto, por supuesto –dijo entre dientes–. Y, como me lo esperaba, con los bolsillos vacíos. Así es, y han cortado el nombre de la camisa. El trabajo se ha ejecutado atendiendo a múltiples detalles. Por suerte es más bien bajo.

Silas escuchaba sus palabras con rotunda ansiedad. Por último, terminada la autopsia, el doctor se sentó en una silla y, volviéndose al joven norteamericano con una sonrisa, le dijo:

–Desde que entré en esta habitación mis oídos y mi lengua han estado muy ocupados, pero tampoco mis ojos han perdido el tiempo. Hace unos instantes, haciendo un escrutinio en todos los objetos de su habitación, observé que usted tiene allí uno de esos voluminosos artefactos que sus compatriotas utilizan siempre: en definitiva, lo que yo denomino «baúl mundo». Hasta hoy no había comprendido la utilidad de esos muebles; sin embargo, ahora me imagino cuál es su funcionalidad. Pueden haber servido para el comercio de esclavos o para evitar las consecuencias de un uso excesivo del puñal, no sabría decirlo. Una cosa veo clara: el propósito de estos baúles es contener cadáveres.

–No me parece –señaló Silas– que sea el mejor momento para hacer bromas.

–Reconozco que me expreso con ironía y le desconcierta –contestó el médico–, pero hablo perfectamente en serio. Lo primero que debemos hacer, mi joven amigo, es vaciar por completo su baúl.

Silas, acatando la sugerencia del doctor Noel, se puso a sus órdenes. El baúl se vació, y su contenido quedó desparramado por todo el cuarto; luego Silas tomó el cadáver del hombre asesinado por los talones, mientras el doctor sujetaba los hombros; después de levantarlo, no sin cierta dificultad, lo doblaron y lo metieron en el baúl. Tuvieron que unir sus esfuerzos para cerrar bien la tapa de tan insólita pieza de equipaje, y el doctor echó la llave al tiempo que lo ataba con una cuerda; mientras, Silas colocaba en el armario y en la cómoda, todo lo que había sacado del baúl.

–Acabamos de dar el primer paso hacia su salvación –dijo el doctor–. Mañana, o mejor dicho hoy mismo, tendrá usted que acallar las sospechas del portero pagándole todo lo que le debe; por mi parte, haré los arreglos necesarios para que las cosas terminen bien. Mientras tanto, venga conmigo a mi cuarto y le daré una pastilla, de tal forma que pueda descansar un rato.

El día siguiente fue el más largo de los que Silas había vivido jamás; le pareció que no acabaría nunca. Negó la entrada a su habitación de cualquier amigo, y estuvo sentado en una esquina del cuarto, con los ojos clavados en el baúl mundo, en lúgubre contemplación. Su propia curiosidad de días anteriores se volvía ahora contra él, pues el observatorio estaba abierto de nuevo y se percató de que era espiado de manera casi incesante desde el apartamento de madame Zéphyrine. Llegó a ser tan penosa esta situación que, por último, no tuvo más remedio que cerrar el agujero por su propio lado y, una vez protegido de la observación, pasó una parte considerable del tiempo sumido en lamentaciones con lágrimas de dolor.

Ya era tarde cuando el doctor Noel entró en la habitación, trayendo en la mano un par de sobres cerrados y sin nada escrito, uno de los cuales era más bien grueso, mientras que el otro parecía vacío.

–Silas –dijo, sentándose a la mesa–, ha llegado el momento de que le explique mi plan para que pueda evadir esta conspiración. Mañana por la mañana, a primera hora, el príncipe Florizel de Bohemia regresa a Londres después de divertirse unos días en el carnaval de París. Hace mucho tiempo tuve la buena suerte de prestarle al coronel Geraldine, su caballerizo mayor, uno de esos servicios, tan comunes en mi profesión, que ninguna de las partes olvidan jamás. No es necesario que le explique a usted el carácter de su obligación conmigo; baste decir que está dispuesto a colaborar conmigo en todo lo posible. Ahora bien, es preciso que llegue usted a Londres sin que le abran el baúl. Las aduanas parecen ser una dificultad insalvable, pero he pensado que, por razones de cortesía, dejarán pasar sin abrirlo el equipaje de una persona tan distinguida como el príncipe. Fui a ver al coronel Geraldine y obtuve una respuesta positiva y favorable. Si se presenta mañana en el hotel donde se aloja el príncipe, podrá depositar el baúl para que forme parte de su equipaje, y usted mismo viajará como miembro del séquito.

–Mientras usted hablaba he recordado que tuve la oportunidad de ver al príncipe y al coronel Geraldine; incluso escuché parte de su conversación la otra noche, en el Baile Bullier.

–Es muy probable, pues al príncipe le gusta frecuentar toda clase de ambientes –siguió diciendo el doctor–. Una vez en Londres, su tarea estará prácticamente finalizada. En este sobre tan grueso hay una carta a la que no me atrevo a poner nombre; en este otro encontrará las señas de la casa a la que debe llevar la carta, junto con el baúl, que será depositado ahí, y no volverá a causarle problemas.

–¡Ay! –exclamó Silas–. Bien me gustaría creerle, pero ¿cómo puede ser? Ciertamente me abre usted una perspectiva definitivamente positiva, pero ¿de verdad piensa que soy capaz de aceptar una solución tan improbable? Sea más generoso y permítame entender lo que quiere decirme.

El médico pareció dolorosamente sorprendido.

–Muchacho –le contestó–, no sabe qué cosa tan difícil me pide. Pero sea. Ya estoy acostumbrado a las humillaciones y no lo voy a negar; después de todo, creo que ya nos conocemos. Sepa entonces que, aquí donde me ve, de apariencia tan tranquila, hombre frugal, solitario, dedicado al estudio, cuando era más joven mi nombre fue el grito de guerra de los espíritus más astutos y peligrosos de Londres y, aunque en público se me mostraba respeto y consideración, mi verdadero poder residía en las relaciones más secretas, terribles y criminales. Justamente, ahora le mando a una de las personas que entonces estaba a mi cargo, pidiéndole como favor personal que lo libere de su carga. Eran hombres originarios de naciones muy diversas, con habilidades de todo tipo, y unidos conjuntamente por un juramento increíble, en el que todos se hallaban comprometidos. La organización se ocupaba de asesinatos; y yo, que ahora le hablo, aunque parezca inocente, era el jefe de esa banda temible.

–¿Cómo? –gritó Silas–. ¿Un asesino? ¿Que traficaba con asesinatos? ¿Yo, estrecharle la mano? ¿Puedo ni tan siquiera aceptar sus favores? Y usted, viejo siniestro y criminal: ¿quiere hacerme su cómplice, abusando de mi juventud y mi desgracia?

El doctor lanzó una amarga carcajada.

–Es usted difícil de complacer, señor Scuddamore. Le ofrezco que elija entre la compañía de un asesino y la de un asesinado. Si está lleno de prejuicios, y su conciencia es tan inmaculada como para aceptar mi ayuda, dígamelo y me voy ahora mismo. A partir de ahora podrá usted ocuparse del baúl, y de lo que contiene, como mejor le parezca a su conciencia intachable.

–Confieso mi error –respondió Silas–. Tengo que recordar su gratitud y generosidad con la que se ha ofrecido para mi protección, incluso antes de haber declarado mi inocencia en el caso. Prosiga su plan, lo escucho con complacencia.

–Me parece bien –observó el doctor Noel–. Creo que empieza usted a aprender las lecciones de la experiencia.

–De todas formas –continuó diciendo el joven norteamericano–, como admite usted que está acostumbrado a estos siniestros asuntos, y teniendo en cuenta que las personas que van a encubrirme son sus antiguos asociados y amigos, ¿no podría encargarse personalmente del transporte del baúl, y librarme de una vez de una presencia tan odiosa?

–Con toda franqueza, tengo que admitir que admiro su cordialidad y su amistad –contestó el doctor–. Si no piensa que ya me he involucrado lo bastante en su destino y en sus problemas, le aseguro que yo, de todo corazón, pienso lo contrario. Acepte o rechace esta atención que le brindo sin ánimo de nada, tan solo mi amistad; usted es muy libre de hacer lo que quiera, y sobran las palabras de gratitud, porque casi me importa menos que su propia inteligencia. Llegará el día, si tiene usted la suerte de vivir muchos años, y con buena cabeza, en que verá todo esto de forma muy diferente, y la conducta que ha tenido esta noche la considerará indigna el día de mañana.

Dicho lo cual, el doctor se levantó de su silla, repitió sus instrucciones de manera concisa y clara, saliendo a continuación de la habitación sin darle a Silas tiempo para que respondiera.

A la mañana siguiente, Silas se presentó en el hotel, donde fue cordialmente recibido por el coronel Geraldine y, a partir de ese momento, liberado de cualquier alarma que pudiera producir el contenido del baúl y su espantoso contenido, se sintió más relajado. Hicieron un buen viaje, aunque más de una vez al joven se le pusieron los pelos de punta escuchando a los marineros y mozos de estación quejarse de lo pesado del equipaje. Silas iba en el coche con la servidumbre, porque el príncipe había decidido estar solo con el caballerizo mayor.

Sin embargo, una vez a bordo del vapor, Silas llamó la atención de su alteza por el aire y actitud de melancolía con la que miraba el montón de maletas, pues el futuro seguía siendo una interrogación y no podía evitar su inquietud.

—Este joven debe tener buenas razones para sentirse preocupado —observó el príncipe.

—Es el norteamericano que, a petición mía, su alteza ha permitido viajar con su séquito —respondió Geraldine.

—Es buena ocasión para darle la bienvenida —dijo el príncipe Florizel y, yendo a Silas, se dirigió a él con la más exquisita condescendencia—: He tenido mucho gusto, mi joven amigo, en acceder a la petición que me presentó usted a través del coronel Geraldine. Le ruego recuerde que, en cualquier momento, me sentiré encantado de prestarle un servicio más importante.

Y luego le hizo unas preguntas sobre la situación política en los Estados Unidos, a las que Silas respondió con civismo y sentido común.

—Usted es todavía joven, pero es demasiado serio teniendo en cuenta su juventud —dijo el príncipe—. Tal vez dedica exceso de concentración para atender a sus estudios. No obstante, espero que no me interprete mal por mi intromisión en sus asuntos.

—No me faltan motivos para sentirme desgraciado —dijo Silas—. La vida suele ser injusta, con los más inocentes, y yo soy uno de ellos.

—No le pido que me haga confidencias —contestó el príncipe—. Sin embargo, tenga en cuenta que la recomendación del coronel Geraldine es el mejor baluarte con el que puede contar y, por mi parte, no solo estoy dispuesto a prestarle mi ayuda, sino que, además, creo tener la certeza de ser mucho más capaz de hacerlo que muchas otras personas, y lo digo sin arrogancia.

Silas quedó encandilado con la amabilidad del gran personaje, pero no tardó mucho en volver a decaer con sus tristes preocupaciones, pues ni siquiera el favor que muestra un príncipe a un republicano es suficiente para alentar la esperanza en un espíritu abatido.

El tren llegó a Charing Cross, donde, como es habitual, algunos funcionarios, hicieron pasar respetuosamente el equipaje del príncipe Florizel. En la estación esperaba toda una fila de coches con su protocolo oficial, y Silas marchó junto con los demás miembros del séquito a la residencia del príncipe. El coronel Geraldine saludó al joven personalmente, felicitándolo además por haber prestado un eficiente servicio a un amigo del médico, por el cual sentía una gran estima.

—Espero que encuentre su porcelana intacta —añadió—. Se han dado estrictas instrucciones en cuanto al tratamiento y cuidado de todo lo que constituya el equipaje del príncipe.

Y tras ordenar a un criado que hiciera cargar el baúl en un coche puesto a disposición del joven, el coronel estrechó su mano y se despidió afectuosamente, pues sus deberes y obligaciones no habían terminado, y debía prestar sus servicios en otro lugar de la casa.

Silas abrió el sobre con las señas y ordenó al criado para que se dirigieran a Box Court, una calle que sale del Strand. Tuvo la impresión de quc el lugar ya era conocido de antemano, pues aquel hombre que formaba parte del servicio se quedó lívido al escuchar esa dirección. Silas estaba asustado, su nerviosismo crecía conforme se acercaba a su destino. La entrada de Box Court era demasiado angosta para que pasara un coche; se trataba de una sencilla vereda cercada por enrejados a sus lados. En uno de los extremos se encontraba un hombre sentado, el cual se incorporó de un salto en cuanto divisó el coche, y saludó afectuosamente al cochero, mientras el criado preguntaba a Silas si debía descargar el equipaje. Posteriormente, preguntó el número exacto de la calle para depositar sus pertenencias.

–Al número tres, por favor –respondió Silas.

Entre los tres bajaron el baúl, y, a pesar de todo, con grandes esfuerzos. Antes de llegar a la casa, Silas advirtió con suma molestia la formación de un grupo de curiosos con motivo de su llegada. No se hizo esperar, y tiró de la campanilla manteniendo la compostura a pesar de la ansiedad que padecía con tanto tumulto a su alrededor. A continuación, entregó el segundo sobre al sirviente, el cual se apresuró para atender la visita.

–El señor no está en casa –dijo el sirviente–, pero si deja usted la carta y vuelve mañana temprano, le comunicaré su llegada. ¿Quiere dejar el baúl?

–¡Por supuesto! –exclamó Silas, y tan pronto como lo dijo se arrepintió de su decisión, anunciando con el mismo énfasis su cambio de opinión, pues prefería llevarse el baúl a un hotel.

Los curiosos se burlaron de su indecisión y, cuando regresó al coche, fueron detrás de él haciendo comentarios insultantes. Silas, temblando de miedo y con cierta vergüenza, rogó a los servidores para que le llevaran a un hotel cómodo y tranquilo en las inmediaciones de aquel lugar.

La servidumbre del príncipe condujo a Silas al hotel Craven, en Craven Street, y partieron en el acto, dejando al joven sano y salvo, con la única compañía de su baúl y los empleados del hotel. La única habitación libre que quedaba se encontraba en el cuarto piso y era un habitáculo que daba a un patio interno y de escasas proporciones. De nuevo, el baúl fue trasladado hasta la habitación de Silas, el cual no se despegó ni un momento de sus pertenencias. No era de extrañar esa actitud, pues cualquier torpeza significaría su ruina final.

Cuando llegó a su cuarto, después de tanto esfuerzo y tantos momentos de tensión, tuvo la tentativa de sentarse al borde de la cama para poder descansar unos instantes; sin embargo, poco duraron los momentos de quietud; en cuanto se despistó, uno de los empleados del hotel comenzó a preparar los detalles del alojamiento del nuevo inquilino, intentando entre otras cosas, abrir los férreos cerrojos del baúl para distribuir su contenido en la habitación.

–¡Deje usted mi equipaje! –gritó Silas–. No necesitaré nada del baúl mientras esté aquí.

–Pues bien podía haberlo dejado en la entrada –dijo el hombre, entre gruñidos–. Es más voluminoso y pesado que un cargamento de plomo. Sabe Dios qué cosa hay dentro. Si es dinero, desde luego que usted es el más rico de toda la zona.

–¿Dinero? –repitió Silas, quien de pronto se sintió inquieto–. ¿Qué quiere decir? No tengo dinero, no diga usted sandeces.

–Bueno, capitán –dijo el empleado con un guiño–. Nadie tocará el dinero de su señoría. Yo soy más seguro que una caja fuerte. Pero el baúl era muy pesado, y de buena gana me bebería un trago a la salud de su señoría.

Silas le puso en la mano un par de napoleones, disculpándose por la moneda extranjera que daba de propina, y explicando que acababa de llegar a Londres. El hombre, sin dejar de gruñir, miró con decepción las monedas que tenía en la mano y luego el baúl mundo; prolongó estas miradas durante un rato, y después, con cierto recelo se retiró.

El cadáver había pasado casi dos días en el baúl y tan pronto como se quedó solo, Silas se acercó para olfatear todas las aberturas y grietas, alertado por el mal olor que pudiera despedir. Sin embargo, el tiempo había sido fresco y el baúl mundo guardaba todavía su pavoroso secreto.

Silas se sentó en una silla al lado del baúl, con la cara entre las manos y la mente trastornada en múltiples alucinaciones. Era evidente que, a menos que alguien le proporcionara algún tipo de ayuda, no tardaría en ser descubierto. Se encontraba en una ciudad extraña, sin amigos ni cómplices; si la carta del doctor Noel no hacía efecto, no había nada que hacer, era hombre perdido. Recordó sus planes del pasado, que ahora resultaban ridículos con todos los acontecimientos recientemente acaecidos. Jamás sería representante de su ciudad natal, Bangor, en Maine; no podría, como había soñado, ascender de cargo en cargo y de honor en honor; y, ni que decir tiene, sus sueños de convertirse en ministro de la cámara de presidencia en los Estados Unidos. Nunca aparecería en su memoria una estatua brindando sus servicios a la nación, una enorme mole que adornaría el Capitolio, en Washington. Aquí estaba, encadenado al cadáver de un inglés metido en un baúl mundo. Y de todo lo que tenía que solucionar lo más importante era librarse del dichoso cadáver.

No me atrevería a repetir en esta crónica las expresiones con que, para sus adentros, el joven se refería al doctor, al hombre asesinado, a madame Zéphyrine, al limpiabotas del hotel, a los servidores del príncipe y, en una palabra, a todas las personas relacionadas, aunque fuese muy remotamente, con su horrible desgracia.

A las siete de la noche bajó a cenar para evadirse de su situación, pero, una vez en el comedor, se sintió lleno de desánimo. Los demás comensales no dejaban de observar sus movimientos, como si sospecharan algo, y tenía la impresión de haberse quedado arriba, en el cuarto, junto al baúl mundo. Cuando el camarero se acercó para ofrecerle el postre, Silas estaba tan absorto en sus pensamientos que se asustó, dando un respingo de súbito, y derramando en el mantel lo que quedaba de su medio litro de cerveza.

Acabada la cena, el camarero le preguntó si quería bajar a fumar. Silas hubiera preferido regresar en el acto a su peligroso tesoro, pero le faltó coraje para negarse y fue tras él a un sótano negro, alumbrado por lámparas de gas, que era entonces, y posiblemente sigue siendo, el salón de fumar del hotel Craven.

Dos jugadores muy adustos jugaban enérgicamente una partida de billar, y un apuntador triste y consumido llevaba la cuenta de los puntos. Durante algún rato, Silas creyó que eran los únicos ocupantes del salón. Sin embargo, al volver la cabeza hacia el rincón más alejado, su mirada enfocó la silueta de una persona de aspecto modesto y respetable que fumaba mirando al suelo. Supo en el acto que había visto antes ese rostro y, aunque se había cambiado por completo de vestimenta, reconoció al hombre que encontró sentado a la entrada de Box Court, y que ayudó a bajar el baúl del coche y a volverlo a subir. Silas no hizo sino darse media vuelta y echarse a correr, y no se detuvo hasta que hubo cerrado y atrancado la puerta de su habitación.

Allí pasó la noche, condenado a las más tremebundas alucinaciones, y contemplando el baúl terrorífico que guardaba un cadáver. Las sospechas del limpiabotas en cuanto a que el baúl iba cargado de dinero le inspiraban toda clase de nuevas inquietudes. Tan pronto como cerraba los ojos, la presencia del hombre de Box Court en el salón de fumar le transformaba el sueño una y otra vez, imaginando que era objeto de sospecha, y dando luz verde a un sinfín de oscuras maquinaciones.

Hacía un buen rato que había sonado la medianoche cuando, guiado por sus sospechas, Silas abrió la puerta del cuarto y miró hacia afuera. El corredor estaba mal iluminado por una única lámpara de gas y, a cierta distancia, observó la silueta de un hombre, vestido con el uniforme del hotel, que dormía en un sillón. Silas se acercó de puntillas y sin hacer ruido. El hombre yacía medio de espaldas y medio de costado, y el brazo derecho que le cubría la cara impedía reconocer su identidad. De pronto, mientras el joven se hallaba todavía inclinado sobre él, el hombre retiró el brazo, abrió los ojos y Silas se encontró una vez más cara a cara con el hombre de Box Court.

–Buenas noches, señor –dijo amablemente.

Silas se retiró, estaba demasiado conmocionado como para responder, y volvió a su cuarto sin decir palabra.

En la madrugada, agotado por sus temores, se quedó dormido en la silla, con la cabeza apoyada en el baúl. A pesar de la posición tan forzada y la almohada colocada de mala manera, concilió durante largo rato un profundo sueño, y cuando despertó, ya por la mañana, alguien llamaba a la puerta.

Se apresuró a abrir y se encontró con el empleado del día anterior.

–¿Es usted el caballero que fue ayer a Box Court?

Silas se estremeció antes de responder que, en efecto, era él.

–Entonces le doy esta carta para usted –dijo el sirviente.

Silas encontró en el sobre una nota con las siguientes palabras: «A las doce de la mañana».

Allí estaba a las doce en punto; el baúl entró por delante, cargado por varios mozos de cuerda; él mismo fue llevado a un salón, donde un hombre se calentaba frente al fuego, dando la espalda a la puerta. El ruido que hicieron muchas personas al entrar y salir, o el baúl al ser depositado sobre las maderas del piso, no parecieron llamarle la atención; Silas, muerto de miedo, esperó a que se dignara reparar en su presencia.

Tal vez pasaron cinco minutos antes de que el hombre se diera vuelta y revelara las facciones del príncipe Florizel de Bohemia.

–De modo, señor, que así me devuelve usted mis favores –dijo con gran severidad–. Se une a las personas que le interesan con el único propósito de evadir las consecuencias mezquinas de fatales crímenes y asesinatos; comprendo muy bien su vergüenza cuando hablé con usted ayer.

–La verdad –dijo Silas– es que soy inocente de todo, excepto de mi mala suerte.

Y con voz atropellada le contó al príncipe, sin omitir detalle, la historia de sus calamidades.

–Veo que me equivocaba –dijo su alteza cuando Silas hubo terminado–. No es usted sino una víctima y no puedo castigar su mala suerte; en ese sentido no tema, porque le prestaré ayuda. Y ahora –siguió diciendo– vamos al grano. Abra el baúl y déjeme ver lo que contiene.

Silas palideció.

–Casi tengo miedo de mirar –dijo.

–¿Acaso no lo ha visto usted? –respondió el príncipe–. Esta es una forma de sensiblería que es preciso superar. Ver a un hombre enfermo, a quien todavía podemos ayudar, debe impresionarnos más que ver a un cadáver, al cual ya no podemos ayudar ni hacer daño, porque se encuentra más allá del amor o del odio. Serénese, señor Scuddamore –y luego, viendo que Silas titubeaba–: No quiero expresar mi petición de otra forma.

El joven despertó como si saliera de un sueño y, con temor y repugnancia, se puso a retirar las correas y a abrir las cerraduras del baúl mundo. El príncipe, a su lado, tenía una mirada impasible, las manos en la espalda. El cadáver estaba helado y Silas tuvo que hacer un gran esfuerzo, tanto físico como moral, para hacerlo cambiar de posición.

El príncipe Florizel retrocedió, dejando escapar una exclamación de dolor y sorpresa.

–¡Ay! –dijo–. No tiene ni la menor idea, señor Scuddamore, la ofrenda tan funesta y cruel que me ha traído. Este cuerpo es el perteneciente a un joven de mi propio séquito, hermano de un querido amigo mío, y ha perdido la vida en una misión encomendada en aras de prestarme servicio. Y su verdugo es el hombre más violento y traicionero que ha pisado este mundo. ¡Desgraciado mi querido amigo Geraldine! –se dijo a sí mismo–. ¿Con qué palabras le diré el atropello que ha sufrido su hermano? ¿Cómo disculparme a sus ojos, a los ojos de Dios, por los planes tan soberbios que han terminado en esta muerte sangrienta e inhumana? ¡Ah, Florizel, Florizel! ¿Cuándo aprenderás la prudencia que requiere esta vida terrenal y cuándo dejará de engañarte la imagen del poder de que dispones? ¡Poder! ¿Quién tiene menos poder? –decía a gritos–. Observando veo a este muchacho, que yo mismo he sacrificado, señor Scuddamore, siento que ni los príncipes pueden evitar la mediocridad y el odio de otros míseros seres humanos.

Silas, conmovido ante tanta emoción, trató de decir unas palabras de consuelo y se echó a llorar. El príncipe no pudo remediar acercarse a él en aras de consolar al pobre muchacho.

–Domínese –le dijo–. Usted y yo tenemos mucho que aprender. Y después de este encuentro espero que ambos hayamos aprendido la lección y hayamos avanzado un paso más en la difícil tarea de madurar.

Silas le agradeció en silencio con una mirada de afecto.

–Escríbame las señas del doctor Noel en este papel –dijo el príncipe, llevándolo a la mesa– y permítame recomendarle que, de vuelta a París, evite el trato de un hombre tan peligroso. En este caso ha actuado con generosidad; así lo creo, por mi parte, pues si hubiera sido cómplice de la muerte del joven Geraldine no hubiera enviado nunca el cadáver al propio asesino.

–¡El propio asesino! –repitió Silas, estupefacto.

–Así es. Esta carta, que el destino ha puesto sorprendentemente en mis manos, está dirigida nada menos que al asesino en persona, el presidente del Club de los Suicidas. No trate de saber más de estos asuntos tan arriesgados; conténtese con haberse salvado de milagro y váyase ahora mismo de esta casa. En estos momentos hay asuntos que requieren mi atención, y en especial tengo que ocuparme de este cuerpo, el perteneciente al que un día fue un joven valiente y distinguido.

Silas obedeció y se despidió del príncipe con muchas muestras de agradecimiento, pero se quedó cerca de Box Court hasta que el príncipe salió en un espléndido coche, cuyo destino se dirigía a la casa del coronel Henderson, de la policía. El joven norteamericano, aunque republicano, se quitó el sombrero ante el coche que pasaba con devoción casi sentimental. Esa misma noche tomó el tren de regreso a París.

3

La aventura de los coches de punto

El teniente Brackenbury Rich gozaba de distinciones militares por sus servicios prestados en vanos conflictos bélicos en las montañas de la India. En una ocasión capturó con sus propias manos al jefe enemigo; su heroísmo fue unánimemente reconocido; cuando regresó a Inglaterra, postrado por una grave lesión y una extremada fiebre tropical, las autoridades oficiales tenían la intención de brindarle un célebre homenaje como contrapartida a sus méritos militares. Sin embargo, si algo caracterizaba el carácter del teniente, era su sincera modestia y su sencillez en cuanto a sus deberes, y no sentía en absoluto la necesidad de ser adulado ni por las más poderosas milicias oficiales. Así es que decidió pasar una temporada en balnearios de descanso extranjeros, y llegó a uno de Argel con el convencimiento de que pronto se olvidarían de sus hazañas heroicas en el campo de batalla. Posteriormente se desplazó a Londres, donde pasó inadvertido por la sociedad británica. Sus únicos parientes vivían en modestas provincias inglesas, de modo que se instaló casi como un extranjero en la capital del país, la patria por la que había derramado su sangre y sus esfuerzos.

Al día siguiente después de su llegada cenó en solitario, en uno de los clubs militares de la ciudad, lugar en el que tuvo la ocasión de estrechar la mano a ciertos ancianos camaradas de regimientos análogos. Fue una cena llena de recuerdos y de complacencias, aunque pronto el teniente evadió todo tipo de compromisos para seguir el curso de la noche. Se había vestido de etiqueta pensando en ir a un teatro. Pero la gran ciudad era nueva para él; había pasado de una escuela de provincia a la academia militar y luego, directamente, al Oriente, al servicio del Imperio; ahora necesitaba un respiro y gozar de placeres en este mundo por explorar y, agitando el bastón, caminó en dirección al oeste de la ciudad. Ya había oscurecido y la atmósfera, a pesar de ciertos amagos de lluvia, era templada por el momento. El despliegue de transeúntes, observando sus rostros en la noche, inquietó por algún rato su imaginación. Tuvo la sensación de ser transportado por una nebulosa, a través de las estimulantes calles de la ciudad, rodeado por el misterio de cuatro millones de vidas privadas. Miraba las casas al pasar, maravillándose de lo que ocurría detrás de las ventanas tan bien iluminadas; ponía los ojos en las caras de la gente que cruzaba y veía cada una de ellas animada por un interés desconocido, criminal o generoso.

«Se habla mucho de la guerra –pensó–, pero aquí hay mayor jungla, y este lugar sí que es un verdadero campo de batalla, aunque sin material bélico convencional».

Más tarde, él mismo se sorprendió de su solitaria caminata sin ningún obstáculo noctámbulo, sin que nada transformara la aventura de la ciudad.

«Todo a su tiempo –se dijo–, todavía soy un forastero y debo tener un aire extraño, pero no tardará en arrastrarme el remolino».

Ya era muy tarde cuando, de pronto, lo sorprendió un chaparrón helado que cayó en la oscuridad. Buscó refugio bajo unos árboles y al hacerlo divisó un coche en las inmediaciones. El cochero hizo una señal que anunciaba que el coche estaba desocupado, y la casualidad fue tan oportuna que Brackenbury no tardó en levantar el bastón con intención de tomar el coche para su cómodo traslado por la ciudad.

–¿Adónde vamos, señor? –preguntó el cochero.

–Donde usted quiera –dijo Brackenbury.

De inmediato, con una rapidez sorprendente, el coche se introdujo, a través de la lluvia, en medio de un laberinto de casas muy similares unas a otras, levantadas con las mismas características. Del mismo modo, para el señor Brackenbury, el entramado urbanístico respondía a la misma similitud, y las calles, plazas y avenidas, pronto desconcertaron su orientación. Estaba a punto de creer que el cochero se entretenía en darle vueltas y vueltas en torno al mismo sitio, pero el ritmo con el que avanzaban era tan decidido que se convenció finalmente de que se dirigían a un punto concreto de la ciudad. Si bien, al cabo del rato, el teniente se inquietó por la excesiva velocidad con la que se dirigían en ese laberinto urbano. Había oído historias de extranjeros que tienen malas experiencias en Londres. ¿Acaso el cochero formaba parte de una banda sangrienta y traicionera? ¿Volaba él mismo ahora hacia el lugar donde sería asesinado?

Sin demorar más, cuando estaba sumido en estas reflexiones, el coche bordeó una esquina y se detuvo de repente ante el jardín de una casa, en una calle muy amplia. La casa estaba ampliamente iluminada. Otro coche en dirección contraria llegaba en ese preciso instante y Brackenbury aprovechó para echar un vistazo en su interior. Salió un caballero y luego, en la puerta principal, era recibido por la servidumbre de la casa. Era sorprendente, pero el cochero se había detenido frente a una casa donde se daba una recepción; sin duda se trataba de una casualidad, pensó, y siguió fumando su cigarro sin inmutarse, hasta que oyó la portezuela que se abría sobre su cabeza.

–Aquí estamos, señor –dijo el cochero.

–¡Aquí estamos! –repitió Brackenbury–. ¿Dónde?

–Me dijo usted que podía llevarle donde quisiera, señor –respondió el cochero con una risita–, y aquí estamos.

Le pareció a Brackenbury que la voz sonaba excesivamente segura y con un acento tan brillante que difícilmente podría ser la de un simple cochero sin más. Reparó en ese instante en que el coche estaba adornado con más lujo de lo que se acostumbra en el servicio público.

–Haga el favor de explicarse –dijo–. ¿Quiere que salga y me moje en medio de la lluvia? Me parece que soy la persona que debe decidir si debo apearme o no.

–Por supuesto –contestó el cochero–. Cuando le haya dicho todo, sé muy bien lo que decidirá un caballero como usted. En esa casa hay una reunión de señores. No sé si el dueño es un extranjero que reside en Londres, o un hombre muy extravagante, pero lo cierto es que a mí me pagan para que traiga, si es posible, a caballeros bien vestidos y con cierta educación. Lo único que tiene que hacer es presentarse, sin más, y decir que ha sido invitado por el señor Morris.

–¿Usted es el señor Morris? –preguntó Brackenbury.

–No, señor –respondió el cochero–. El señor Morris es el dueño de la casa.

–No es una manera muy corriente de reunir invitados –dijo Brackenbury–, pero bien puede un excéntrico darse gusto en sus caprichos sin ofender a nadie. Suponga que no acepto la invitación del señor Morris. ¿Entonces qué?

–Tengo órdenes de llevarlo de regreso al lugar donde tomó el coche –dijo el cochero– y seguir buscando otros caballeros hasta la medianoche. Habrá personas a las que no les exciten ni lo más mínimo aventuras como la presente, y tengo órdenes estrictas para que no se queden como huéspedes.

Estas palabras convencieron en el acto al teniente.

«Después de todo –pensó mientras bajaba del coche–, no he tenido que esperar mucho mi aventura».

Apenas había pisado la acera y puesto la mano en el bolsillo cuando el coche partió dando la vuelta. Se fue en la misma dirección por donde vino. Brackenbury llamó de nuevo al cochero, pero hizo caso omiso de sus indicaciones. Y siguió su camino. Al rato, la puerta principal volvió a abrirse y un criado vino corriendo a su encuentro con un paraguas en la mano.

–El coche está pagado –le dijo en tono muy educado, y acompañó a Brackenbury hasta la puerta de entrada, en lo alto de unos escalones.

Al entrar, otros sirvientes se hicieron cargo de su sombrero, su bastón y su abrigo, y a continuación le dieron una contraseña con un número y lo animaron para que subiera por una escalera, adornada de plantas tropicales, que daba al primer piso. Aquí un mayordomo le preguntó su nombre y, anunciando «el teniente Brackenbury Rich», lo hizo pasar al salón de la casa.

Un hombre joven, esbelto y bien parecido se acercó para saludarlo; era un joven perfectamente educado, cortés y afectuoso. El salón estaba iluminado por cientos de velas de la más fina cera y perfumado, como la escalera, por muchos arbustos exóticos y de gran belleza. En un extremo había una mesa atestada de viandas y otros menesteres ciertamente apetitosos. Los sirvientes transportaban de un lado a otro bandejas llenas de frutas y copas de champán. Aproximadamente habría unos quince invitados, todos del género masculino y de edades jóvenes, pero con cierto grado de madurez, así como distinguidos y desenvueltos. Se habían segmentado dos grupos, uno se reunía alrededor de una ruleta, y el otro se agrupaba en una mesa, presidido por un individuo que hacía de banca, en una partida de bacará.

«Ya veo –se dijo Brackenbury–; se trata de una casa privada de juego, y el cochero proporciona los clientes».

Había tomado nota de todos estos detalles, y no faltó tiempo para que llegara a una conclusión rápida en relación con el lugar en el que se encontraba. El dueño de la casa, por su parte, continuó estrechándole la mano con gestos muy afectuosos y cordiales. El señor Morris era desde luego sorprendente. La elegancia natural de sus modales, la distinción, la amabilidad y la valentía que se advertían en sus rasgos no tenía concordancia con la idea que el teniente tenía sobre el patrón de un garito semejante, le pareció un hombre de categoría y de mérito. Brackenbury sintió por él una simpatía instintiva y, a pesar de reprocharse su debilidad, no fue capaz de resistir a la atracción amistosa de la persona y la calidad del señor Morris.

–He oído hablar de usted, teniente Rich –dijo el señor Morris bajando la voz–, y créame que me alegro mucho de conocerlo en persona. Su aspecto no desmiente su fama, y me constan sus hazañas en la India. Si puede usted olvidar un momento lo irregular de su llegada a mi casa, lo consideraré no solo un honor, sino un verdadero placer. Un hombre que se ha enfrentado a la misma barbarie –añadió, riéndose– no se espantará ante una falta de ceremonia, por grave que sea.

Así, le condujo hasta la mesa para que se sirviera algo de comer.

«Este es uno de los hombres más simpáticos que he visto en mi vida –pensaba el teniente–, y esta reunión, sin la menor duda, una de las más agradables de Londres».

Probó el champán, que encontró excelente, y viendo que muchos de los presentes fumaban encendió uno de sus cigarros filipinos y se acercó a la ruleta, donde hizo unas cuantas apuestas y, sobre todo, asistió sonriendo a la buena suerte de otros. Así se distrajo, cuando cayó en la cuenta de que los huéspedes eran sometidos a un examen riguroso. El señor Morris se acercaba de un lado a otro, cumpliendo, al parecer, con los deberes de la hospitalidad, pero no había una sola persona en la reunión que escapase de un detenido reconocimiento, muy lejos de la espontaneidad a primera vista. Observaba el comportamiento de los que perdían mucho dinero, tomaba nota de las apuestas, se detenía junto a las parejas absortas en la conversación, y, en definitiva, no había detalle en que no reparase. Todo se parecía tanto a una inquisición privada que Brackenbury empezó a preguntarse si en realidad no se hallaba en un inmundo garito con aires señoriales. Siguió los movimientos del señor Morris y, aunque el hombre guardaba siempre la sonrisa en los labios, le pareció advertir, como tras una máscara, un espíritu tenso, ansioso y preocupado. En su entorno, proseguían las risas y el juego, pero Brackenbury perdió interés en los demás invitados.

«El señor Morris no pierde el tiempo –se dijo–. Todo lo que hace tiene un propósito. El mío será descubrir lo que quiere».

De cuando en cuando, el señor Morris llamaba aparte a uno de sus visitantes y, tras un breve coloquio en la antesala, regresaba sin su acompañante, desconociendo por completo el destino de sus invitados. Y sucedió así en varias ocasiones, lo que despertaba, claro está, la curiosidad de Brackenbury, el cual se propuso averiguar en el acto la razón del pequeño misterio. Salió con disimulo a la antesala, donde logró esconderse detrás de las cortinas verdes que cubrían la ventana. No tuvo que esperar mucho antes de escuchar unos pasos y percibir unas voces, que provenían del salón principal. Reconoció, entre las cortinas, al señor Morris, el cual escoltaba a un personaje grueso y colorado, con cierto aire de agente comercial; era notoria su falta completa de educación y su vulgaridad en la mesa de juego. Ambos se detuvieron junto a la ventana, de modo que Brackenbury no perdió ni una palabra de la conversación.

–Le pido mil disculpas si puedo parecerle violento, pero estoy seguro de que sabrá perdonarme –comenzó diciendo el señor Morris en el tono más conciliador–. En una ciudad tan grande y complicada como Londres ocurren accidentes a cada paso y todo lo que podemos hacer es tratar de poner remedio a la confusión y el desorden. Mucho me temo, se lo confieso, que haya cometido usted el error de honrar mi pobre casa por equivocación. Le diré con toda sinceridad que no recuerdo su nombre. Permítame hacerle una pregunta, sin más preámbulo, creo que entre caballeros sobran palabras: ¿en la casa de quién cree usted que se encuentra?

–En la del señor Morris –respondió el otro, desconcertado cada vez más, a medida que el señor Morris continuaba su discurso.

–¿El señor John o el señor James Morris?

–La verdad es que no lo sé –dijo el desgraciado huésped–. No tengo el gusto de conocerlo en persona, como tampoco lo tengo de conocerlo a usted.

–Ya veo –dijo el señor Morris–. Hay otra persona del mismo nombre en esta calle, y no dudo que un policía podrá decirle el número de la casa. Por mi parte, le aseguro que me felicito de este error, que me ha valido el placer de su compañía durante tanto tiempo; permítame que le exprese mi complacencia en este encuentro, y que tal vez nos volvamos a ver de manera más frecuente. Mientras tanto, no quiero retenerle durante más tiempo, sabiendo que es aguardado por la compañía de sus amigos. John –llamó, levantando la voz–, ¿quiere usted buscar el abrigo de este caballero?

Y con un gesto cortés el señor Morris acompañó al visitante hasta la puerta de la antesala, donde quedó en manos de un mayordomo. Al volver hacia el salón pasó delante de la ventana y Brackenbury percibió su suspiro, un tanto profundo, como si tuviera el espíritu abrumado por una gran ansiedad y los nervios fatigados por la tarea que se había encomendado.

Durante una hora más, los coches siguieron llegando con tal frecuencia que el señor Morris recibía a un nuevo huésped por cada uno que despedía, y la reunión se mantuvo en el mismo número de personas. Posteriormente, las llegadas se fueron espaciando y al cabo del rato cesaron por completo, mientras que el proceso de eliminación siguió con la misma asiduidad. El salón empezaba a parecer vacío, la partida de bacará se interrumpió por falta de banca, más de un invitado se despidió por voluntad propia y se le permitió partir sin protesta alguna. El señor Morris no hizo sino aumentar sus exquisitas atenciones a los que quedaban. Iba de grupo en grupo y de persona en persona con la más brillante puesta en escena, y la conversación más animada y adecuada para tales momentos. Parecía una dama y una excelente anfitriona, y había algo de coquetería y condescendencia femenina en sus modales que encandilaba el corazón de todos.

Los huéspedes habían disminuido su número, cuando el teniente Rich dejó el salón en busca de aire fresco. No bien había llegado al umbral de la antesala, se paró en seco al descubrir lo más sorprendente. Las exóticas plantas habían desaparecido de la escalera; ante la entrada del jardín esperaban tres grandes camiones de mudanza; por todas partes aparecían hombres afanados en desalojar todos los objetos de la casa, y algunas personas del servicio doméstico incluso se habían puesto los abrigos y se disponían a irse. Parecía el final de un baile de pueblo al que todo se ha traído por contrato. Brackenbury tenía buenas razones para sentirse intrigado. En primer lugar, había visto despedir a huéspedes que no eran huéspedes en realidad; ahora desaparecían los sirvientes, que tampoco eran parte de un servicio doméstico auténtico.

«¿Todo era falso, entonces? –se preguntó–. ¿De qué farsa se trataba?».

Al cabo de un rato, aprovechando una ocasión inmejorable, Brackenbury inspeccionó la parte superior de la casa. Supervisó habitación por habitación y, tal como suponía, no encontró en ellas ningún material mobiliario ni objeto decorativo. Era evidente que, aunque estuviese pintada y empapelada, nadie vivía en la casa y, aún más, que nadie la había ocupado nunca. El joven oficial recordó con estupefacción el ambiente tan jovial, lujoso y acogedor que de forma tan impactante percibió en su llegada. Aquella farsa, un extraño engranaje de impostores, era desde luego prodigioso.

¿Quién era el señor Morris? ¿Con qué intenciones representaba durante la noche el papel de anfitrión en el barrio más occidental de Londres? ¿Y por qué elegía a sus invitados al azar y en medio de la calle?

Brackenbury reparó en que su ausencia podría llamar la atención, y se apresuró a regresar al salón principal. Muchos habían partido mientras inspeccionaba las habitaciones de arriba, y en la sala no quedaban apenas más que cinco personas. El señor Morris le saludó con una sonrisa a su regreso y se puso en pie.

–Señores –dijo–, ha llegado el momento de que les explique por qué he tenido la osadía de privarles de sus distracciones habituales. Espero que la velada no haya sido aburrida, aunque mi propósito dista mucho del término entretenimiento. Mi intención no es otra que contar con su ayuda en estos momentos. Todos ustedes son caballeros, su apariencia les hace justicia y no quiero otra garantía. Por ello, lo digo sin reparos, voy a pedirles que me presten un servicio peligroso y delicado; peligroso porque pueden ustedes jugarse la vida, y delicado, pues debo exigir la discreción más absoluta en todo lo que puedan ver u oír. Viniendo de un perfecto desconocido, me consta que la petición puede ser sancionada por su buen criterio, dadas las circunstancias un tanto excéntricas. Lo comprendo perfectamente, y por ello manifiesto mis disculpas y mi buen entendimiento para los que no tengan intenciones de escuchar confidencias peligrosas ni comprometerse con extraños quijotescos. Por tanto, aquellos que quieran regresar a sus hogares, tienen mi sincera aprobación, y aquí son despedidos con la cordialidad que merecen.

Uno de los presentes, un hombre muy alto y moreno, cargado de espaldas, respondió de inmediato:

–Le agradezco su franqueza, señor, y yo, por mi parte, me voy. No le reprocho nada, aunque no negaré que estoy absorto y sorprendido. Me marcho. Tal vez piense usted que no tengo derecho a añadir dos palabras a mi ejemplo.

–Muy al contrario –respondió el señor Morris–; usted tiene todo el derecho a expresar su punto de vista. No cabe exagerar la gravedad de mi propuesta.

–Bueno, caballeros, ¿qué dicen ustedes? –prosiguió el hombre alto, dirigiéndose a los demás–. Hemos pasado una velada agradable; ¿volveremos todos juntos para regresar a nuestras casas? En mi opinión, creo que verán las cosas bajo otro prisma cuando vuelvan a ver el sol y la realidad de la vida cotidiana.

Pronunció estas últimas palabras enfatizando como mejor podía. Su rostro, grave y enérgico, tenía una expresión muy particular. Otro de los presentes se puso en pie y, dando ciertas señales de alarma, se dispuso a salir. Únicamente dos de los invitados se quedaron en su sitio, Brackenbury y un viejo mayor de caballería, de nariz colorada; ambos mantuvieron una actitud indiferente y, aparte del intercambio de miradas de inteligencia que se mostraron, parecieron del todo ajenos a la conversación que acababa de terminar.

El señor Morris acompañó a los desertores hasta la puerta, que cerró tras ellos y, al darse la vuelta con un gesto de alivio y animación, se dirigió a los dos oficiales para decirles:

–He elegido a mis hombres como Josué en la Biblia, y estoy seguro de que cuento con los mejores de Londres. Su aspecto llamó la atención de mis cocheros y desde luego no pasaron desapercibidos para mí. He observado todos sus movimientos y me parecen unas personas de una categoría excepcional, así como creo que son caballeros de verdad. Finalmente, gozan de una virtud que se define en una palabra, valentía. ¡No en vano he sido durante años el compañero y discípulo del más prudente y valeroso de los potentados de Europa! A continuación se presentó el otro individuo:

–En el encuentro de Bunderchang pedí doce voluntarios –dijo el mayor– y se presentaron todos mis hombres. Pero una reunión de jugadores no es un regimiento en la línea de fuego. Supongo que puede felicitarse de haber encontrado a dos, y dos de una índole de absoluta fidelidad. En cuanto a los otros dos que salieron corriendo, no puedo reprochar una cobardía, puesto que no se puede exigir nada de dos pobres diablos. Teniente Rich –añadió, volviéndose a Brackenbury–, he oído hablar mucho de usted últimamente; también usted debe haber oído hablar de mí. Soy el mayor O'Rooke.

Y el veterano tendió una mano roja y temblorosa al joven teniente.

–¿Quién no? –respondió Brackenbury.

–Cuanto termine este pequeño asunto –dijo el señor Morris–, pasaré a determinarles mi propósito.

–Y bien –dijo el mayor O'Rooke–, ¿de qué se trata? ¿De un duelo?

–En cierta forma, sí –contestó el señor Morris–. Un duelo con enemigos desconocidos y desleales y, mucho me temo, un duelo a muerte. Debo pedirles que no me sigan llamando Morris; pueden llamarme Hammersmith, si quieren; les rogaría que no me hicieran preguntas y que no tratasen de descubrir por su cuenta mi verdadero nombre, ni el de la persona que pronto habré de presentarles. Hace tres días, esta persona de la que hablo desapareció misteriosamente de su residencia; hasta la mañana de hoy no tuve idea de lo sucedido. Podrán imaginar mi alarma si les digo que se encuentra dedicado a una empresa de justicia privada. Como por desgracia está ligado a un juramento, que aceptó con demasiada ligereza, cree necesario librar al mundo de un villano insidioso y sanguinario, sin aceptar para ello la ayuda de la ley. Ya han muerto en el empeño dos amigos nuestros, uno de ellos mi propio hermano. O mucho me equivoco, o mi amigo ha caído en los mismos lazos fatales. Al menos no ha perdido ni la vida ni la esperanza, como lo prueban estas líneas.

Y el señor Morris, que era en verdad el coronel Geraldine, sacó una carta que decía lo siguiente:

Mayor Hammersmith: El miércoles a las 3 a. m. un hombre de toda mi confianza pasará, bajo mi autorización, por la pequeña puerta de los jardines de la casa de Rochester, en Regent's Park. Debo pedirle que no falle ni un instante. Le ruego que traiga mis espadas y, si es posible, encuentre a uno o dos caballeros prudentes y discretos que no me conozcan. No debe usarse mi nombre en relación con este asunto.

T. Godall

–Mi amigo es hombre de tan buen criterio –siguió diciendo el coronel Geraldine cuando los otros dos hubieron satisfecho su curiosidad– que, aunque no estuviera a su servicio, seguiría sus instrucciones al pie de la letra, porque confío en su sentido común. No hace falta que les diga, entonces, que ni siquiera he pasado por las inmediaciones de la casa de Rochester y que, como ustedes, no tengo la menor idea del trance en que se encuentra mi amigo. Tan pronto como recibí sus órdenes, me dirigí a una empresa que alquila muebles y, en unas horas, esta casa quedó lista para dar una recepción. Al menos mi plan era original y no me arrepiento, pues me ha valido los servicios del mayor O'Rooke y del teniente Brackenbury Rich. Sin embargo, los sirvientes que están en la puerta estarán llenos de curiosidad, teniendo en cuenta que esta casa, por la noche llena de luces y de visitantes, amanece desierta y en venta. Hasta las aventuras más serias tienen un lado cómico.

–Y digamos que un final feliz –agregó Brackenbury.

El coronel sacó el reloj.

–Son casi las dos de la mañana. Nos queda una hora y tenemos un coche a la puerta. Díganme si puedo contar con su ayuda.

–En toda mi larga vida –respondió el mayor O'Rooke– no he faltado nunca a mi palabra, y ni siquiera me he cubierto de una apuesta haciendo otra.

Brackenbury confirmó su buena voluntad en términos parecidos, y después de beber un par de vasos de vino, el coronel le entregó a cada uno un revólver cargado y los tres subieron al coche que estaba en espera ante la puerta.

La casa de Rochester era una residencia magnífica al borde del canal, aislada por sus grandilocuentes jardines del resto de la vecindad, y, por tanto, retirada del bullicio urbano. Parecía el *parc aux cerfs* de un gran aristócrata o un millonario. Por lo que se podía divisar desde fuera, no había una sola luz encendida en las múltiples ventanas; todo el recinto parecía tener un aspecto de abandono, como si el dueño hubiera estado ausente desde hacía mucho tiempo.

Bajaron del coche y no demoraron mucho hasta dar con la puerta del callejón, ubicada entre dos muros del jardín. Faltaban diez o quince minutos para la hora señalada; llovía a cántaros y los tres aventureros se refugiaron bajo una frondosa hiedra y hablaron, casi murmurando, del desafío al que se enfrentaban.

De pronto Geraldine levantó el dedo pidiendo silencio y los tres aguzaron al máximo sus oídos. La lluvia impedía la percepción de unos pasos que se acercaban, pero pudieron atisbar algunas voces desde el otro lado del muro. A medida que se acercaban, Brackenbury, que tenía el oído más fino, alcanzó a distinguir algo de lo que decían.

–¿Han cavado la tumba? –preguntaba uno.

–Sí, detrás de los laureles –decía el otro–. Cuando finalicemos pondremos encima un montón de estacas.

El primero soltó una carcajada, y sus risas siniestras fueron escuchadas por los oficiales.

–Dentro de una hora –dijo.

Por las pisadas, parecía que se habían separado para irse en direcciones opuestas.

Casi inmediatamente después se abrió la puerta sigilosamente, y una cara muy pálida se asomó al callejón, haciendo señas con la mano para que los tres caballeros avanzaran en esa dirección. Entraron en absoluto silencio, y la puerta se cerró de nuevo. Después siguieron al guía por los senderos del jardín hasta llegar a otra puerta. Atravesaron una gran cocina enlosada, en la que ardía una única vela, y completamente desolada, pues no había ningún objeto, ni utensilios ni mobiliario de cocina. Luego subieron por una escalera de caracol y percibieron el ruido de los roedores que se encontraban en pequeños nichos, prueba irrefutable del abandono de la casa.

El hombre que les había abierto la puerta iba por delante, con la vela en la mano. Era un anciano delgado, muy encorvado pero de movimientos todavía ágiles. En varias ocasiones se dirigió al resto del grupo para recomendarles silencio y cautela. El coronel Geraldine iba detrás de él con la caja de espadas bajo un brazo y una pistola en la otra mano. Brackenbury estaba nervioso y comprendía que, a juzgar por la prisa del viejo, se aproximaba la hora de la acción. Las circunstancias de la aventura eran tan temerarias y peligrosas, y el lugar tan siniestro, que a pesar de la experiencia de Brackenbury en grandes batallas y en su residencia en la India, no pudo evitar cierto pánico y excitación en todo este asunto.

Al llegar arriba, el guía abrió una puerta e hizo pasar a los tres oficiales a una pequeña habitación, alumbrada por una lámpara humeante y el resplandor de un humilde fuego. Al lado de la chimenea esperaba sentado un hombre joven, de apariencia un poco grueso, pero de silueta distinguida e imponente. La actitud y expresión eran de una serenidad imperturbable; estaba degustando el aroma de un cigarro, tranquilo y sosegado, y sobre la mesa, junto a él, se veía una fina copa, llena de una bebida efervescente que emanaba un olor agradable.

–Bienvenido –dijo, tendiéndole la mano al coronel Geraldine–. Sabía que podía contar con su puntualidad.

–Con mi devoción –respondió el coronel, haciendo una reverencia.

–Preséntteme a sus amigos –siguió diciendo el primero y, una vez terminada la presentación, con la más exquisita amabilidad dijo–: Caballeros, quisiera poder ofrecerles un plan más alegre; no es muy cordial iniciar una relación con asuntos tan serios; pero la gravedad de los hechos me obliga, por encima de cualquier cortesía, a procurar un justo desenlace. Espero que me perdonen ustedes esta noche tan ingrata; a personas de su templanza y valor creo que les bastará con mi declaración de honor, y les prometo recompensarlos aunque no lo soliciten.

—Su alteza —dijo el mayor—, perdone usted mi franqueza, pero soy incapaz de disimular. Desde hace un buen rato tengo mis dudas en cuanto a la identidad del mayor Hammersmith; en cuanto al señor Godall no cabe ninguna duda. Buscar en Londres a dos personas que no conozcan al príncipe Florizel de Bohemia es pedir demasiado a la fortuna.

—¡El príncipe Florizel! —exclamó Brackenbury, atónito.

Y clavó los ojos, con entusiasmo y sorpresa, en las facciones del famoso personaje que tenía ante sí.

—No lamento haber perdido el incógnito —contestó el príncipe—, porque me permite agradecerles su esfuerzo con mayor autoridad. De lo que estoy seguro es de que nada les hubiera impedido, de la misma forma que han prestado sus servicios a un desconocido, haberlo hecho por otra persona, y eso los honra. Quien sale ganando soy yo —terminó diciendo, con un gesto de cortesía.

Y poco después conversaba con los dos oficiales sobre el ejército de la India y las estrategias geopolíticas de la zona, puesto que, tratándose de ese tema, al igual que los oficiales, tenía mucha información al respecto y expresaba su opinión con absoluta coherencia.

La actitud del príncipe en un momento de peligro mortal era tan notable que Brackenbury se sintió admirado por su entereza y predisposición para hacer justicia; no era menos sensible al encanto de su conversación que a la afabilidad sorprendente de sus modales. Todos y cada uno de los gestos y afirmaciones de Florizel eran en sí mismos de gran nobleza y dignificaban sin duda todos los acontecimientos; Brackenbury se confesó con sinceridad y entusiasmo a propósito del soberano reafirmando su alegría por servir a un hombre de tanta categoría.

Habían pasado varios minutos cuando aquel individuo que los guió hasta el interior de la casa y que ahora se encontraba sentado en una esquina de la habitación con el reloj en la mano se puso en pie y vino hasta el príncipe para decirle algo al oído.

—Está bien, doctor Noel —respondió el príncipe en voz alta, y luego, dirigiéndose a los demás—: Perdonen ustedes, caballeros, si ahora les dejo en la oscuridad. Se acerca el momento.

El doctor Noel apagó la lámpara. Una luz tenue, gris, premonitoria del alba, quedó aparcada en la ventana, mientras en la habitación se cernía la oscuridad, y cuando el príncipe se puso en pie fue imposible distinguir sus facciones o adivinar la emoción en la que estaba involucrado. Luego fue a ponerse a un lado de la puerta, en actitud de atención.

–Tengan la bondad de guardar absoluto silencio –dijo– y de ocultarse en la parte más oscura de la habitación.

Los tres oficiales y el médico se apresuraron a obedecer, y durante casi diez minutos el único sonido que escucharon en la casa de Rochester fueron las excursiones de las ratas por los techos. Pasado ese tiempo una puerta crujió al abrirse y el ruido resonó en el silencio con una nitidez sorprendente; al cabo de unos segundos, se oyó a alguien que ascendía a paso lento y sigiloso por la escalera de la cocina. El intruso se detenía cada dos escalones, sin duda para supervisar el terreno. Y en todos esos intervalos, las emociones de los ocupantes de la casa se acrecentaron notablemente sin poder evitarlo.

El doctor Noel, aunque acostumbrado a las emociones fuertes, sufría de una postración física que casi inspiraba compasión; su respiración se sofocaba continuamente con el más leve esfuerzo, apenas tenía dientes y las articulaciones le crujían cada vez que cambiaba de posición.

Finalmente, una mano tocó la puerta y descorrió el cerrojo con un ligero ruido. Siguió otra pausa, y Brackenbury pudo divisar cómo el príncipe se agazapó, como si quisiera esconderse y quisiera minimizar su cuerpo al máximo. Luego se abrió la puerta, y la luz de la mañana reflejó algunos rayos luminosos en la habitación, reforzando la silueta inmóvil de un hombre alto que llevaba un cuchillo en la mano. Tenía la boca abierta, como un mastín a punto de atacar, y en la luz indecisa se veían brillar sus dientes. Estaba empapado de agua, pues en aquel silencio memorable se oía el ruido de las gotas que caían de sus ropas al suelo.

Un instante después atravesó el umbral. Hubo un salto, un grito enfurecido, un forcejeo, y antes de que el coronel Geraldine pudiera acudir en su ayuda, el príncipe sujetaba por los hombros a su presa, desarmada e impotente.

–Doctor Noel –dijo–, tenga la bondad de encender la luz.

Y tras entregar al prisionero a Geraldine y Brackenbury, cruzó la habitación y se puso de espaldas a la chimenea. Tan pronto como se encendió la lámpara todos fueron testigos de la severidad insólita que se plasmaba sin tregua en el rostro del príncipe. No era Florizel, el caballero despreocupado, sino el príncipe de Bohemia, mostrando su carácter colérico y ajusticiando propósitos mortales, y que ahora levantaba la cabeza para dirigirse a su cautivo, el presidente del Club de los Suicidas.

–Presidente –le dijo–, ha tendido su última trampa y usted mismo ha caído en ella. Hoy es un nuevo día y será su última mañana. Acaba de cruzar a nado el canal; habrá sido su último baño en este mundo. Su viejo cómplice el doctor Noel, lejos de traicionarme, me ha brindado la posibilidad de hacer justicia, entregándome su persona. Y puede creer que el nicho que ha cavado para mí esta tarde servirá, gracias a la Providencia, para ocultar su destino a la curiosidad de los hombres. Póngase de rodillas y rece, porque la religión es su último consuelo; le queda poco tiempo y Dios está harto de sus mezquindades.

El presidente no medió palabra, impasible, ni siquiera hizo un gesto, sino que se mantuvo cabizbajo, mirando con ruda expresión el suelo de la habitación, como si bien supiera de la mirada austera e inexorable del príncipe.

–Caballeros –siguió diciendo el príncipe, ahora en su tono ordinario de conversación–, aquí tenemos a este hombre que durante tanto tiempo evadió mi búsqueda, pero que ahora, gracias al doctor Noel, está en mi poder. Contar la historia de sus crímenes llevaría más tiempo del que disponemos, pero creo que si por el canal corriera la sangre de sus víctimas, el miserable no estaría menos empapado. A pesar de su espíritu mezquino, incluso ahora quiero guardar las formas del honor. Ustedes serán jueces, caballeros. Se trata más de una ejecución que de un duelo, y cederle a este canalla la elección de las armas sería llevar la etiqueta demasiado lejos. No puedo morir en este asunto –continuó diciendo, mientras abría la caja de espadas–; una bala puede alcanzar su objetivo por azar, y el valor puede caer en manos de un cobarde que tiembla. Así pues, he decidido, y espero que con su aprobación, zanjar la cuestión espada en mano.

Y una vez que Brackenbury y el mayor O'Rooke, a quienes se dirigían en particular estas palabras, hubieron expresado su aprobación, el príncipe le dijo al presidente:

–Pronto, señor; elija una espada y no me haga esperar; estoy impaciente por terminar con usted para siempre.

Por primera vez desde que fuera capturado y desarmado, el presiente levantó la cabeza y era evidente que recobraba los ánimos.

–¿Un duelo? –dijo–. ¿Usted y yo?

–Pienso hacerle ese honor –respondió el príncipe.

–¡Hombre! –exclamó el presidente–. Si el terreno es bueno, ¿quién sabe lo que puede pasar? Me parece muy generoso de parte de su alteza; y, si ocurre lo peor, pues me habrá matado un soberano, importante en Europa.

El presidente fue liberado y se dirigió a la mesa para la elección de la espada, lo cual llevó tiempo. Estaba jubiloso, sin la menor duda de que saldría victorioso del encuentro. Los espectadores se alarmaron ante ese exceso de seguridad y rogaron al príncipe Florizel que rectificase su decisión.

—No es sino una farsa —les respondió—, y creo poder prometerles, caballeros, que no durará mucho tiempo.

—Su alteza se cuidará de no confiarse demasiado —dijo el coronel Geraldine.

—Geraldine —le contestó el príncipe—, ¿alguna vez me ha visto no pagar mis deudas de honor? Le debo la muerte de este hombre y la tendrá usted.

Finalmente, el presidente eligió una de las espadas, sin ocultar en absoluto sus aires incipientes de superioridad, haciendo un gesto para expresar que estaba preparado para el combate. La inminencia del peligro y la sensación de coraje daban un aire de hombría, y hasta cierta gracia, al detestable criminal.

El príncipe cogió al azar una de las espadas.

—Coronel Geraldine y doctor Noel —dijo—, tengan ustedes la amabilidad de esperarme aquí. No quiero que ninguno de mis amigos personales participe en esta operación. Mayor O'Rooke, es usted hombre de gran experiencia y de reconocido prestigio; permítame que encomiende al presidente a sus buenos oficios. Teniente Rich, tenga la bondad de encargarse de mí; un joven siempre tiene algo que aprender en esta clase de asuntos.

—Su alteza —respondió Brackenbury—, es un honor que aprecio muchísimo.

—Está bien —dijo el príncipe Florizel—. Espero que, por mi parte, pueda demostrarle mi amistad en circunstancias más importantes.

Y después de pronunciar estas palabras, salió de la habitación seguido de los testigos, los dos oficiales.

Los otros quedaron en la habitación. Abrieron la ventana y se asomaron, tratando de captar algún indicio de los trágicos hechos que estaban por ocurrir. Había dejado de llover; era casi de día y los pájaros cantaban en los arbustos y los árboles frondosos del jardín. El príncipe y sus acompañantes aparecieron un momento, mientras se dirigían por un sendero entre flores y arbustos, pero en la primera esquina fueron de nuevo tapados por el follaje. Es la única visión que el coronel y el médico tuvieron ocasión de contemplar, y el jardín era tan grande, y el lugar del combate, según las apariencias, tan lejos de la casa, que ni siquiera llegó a ellos el ruido de las espadas.

—Supongo que habrá durado mucho —dijo el doctor Noel con un estremecimiento.

—¡Que Dios defienda la justicia y el deber! —exclamó el coronel.

Esperaron en silencio, el doctor temblando de miedo y el coronel tan inquieto que estaba empapado de sudor. Debieron pasar varios minutos, el día era mucho más claro, y los pájaros cantaban con más animación en el jardín, antes de que el ruido de los pasos que se acercaban llevara sus miradas a la puerta. Entró el príncipe, seguido por los dos oficiales del ejército de la India. Dios había protegido el deber, la justicia y el honor.

–Me avergüenzo de mi emoción –dijo el príncipe Florizel–. La siento como una debilidad impropia de mi rango, pero lo cierto es que la existencia de ese perro del infierno me hacía daño, como una enfermedad, y su muerte me ha liberado de la indignidad que padecía hace tiempo. Mire, Geraldine –añadió, arrojando la espada al suelo–, ahí tiene usted la sangre del hombre que mató a su hermano. No le disgustará verla. Y, sin embargo –siguió diciendo–, ¡qué extraños somos a veces los hombres! No hace cinco minutos que me he vengado y ya empiezo a preguntarme si la venganza tiene algún objetivo lícito en esta vida precaria. El mal que hizo ¿quién podrá remediarlo? En su carrera llegó a ganar una fortuna enorme (la casa en que estamos es de su propiedad); ahora esa carrera es para siempre parte del destino de la humanidad. Podría estar dando estocadas hasta el día del juicio: el hermano de Geraldine seguiría muerto, y otros mil inocentes deshonrados y corrompidos. ¡Qué poca cosa es la existencia de un hombre cuando se le pone fin, qué cosa tan grande cuando sirve para algo! ¡Ay! –se lamentó–, ¿acaso hay algo en la vida que decepcione tanto como lograr lo que se quiere?

–Se ha hecho justicia –respondió el doctor–, y es lo único que vale. Para mí, su alteza, la lección ha sido cruel, y espero mi turno muerto de temor.

–¿Qué estaba diciendo? –dijo el príncipe–. He castigado y aquí, con nosotros, está el hombre que me ayudó. ¡Ah, doctor Noel! Usted y yo tenemos ante nosotros muchos días de trabajo duro y honorable; tal vez sí, antes de que terminemos, habrá usted pagado con creces sus tempranos errores.

–Y entretanto –dijo el doctor–, permítame ir a enterrar al que fue, hace mucho tiempo, un viejo amigo.